球児に響く言葉力

小枝守
侍ジャパンU-18前監督／拓大紅陵野球部前監督

竹書房

はじめに

私は1976年8月から81年3月まで西東京の日大三、81年8月から2014年3月までは千葉の拓大紅陵の監督として、高校野球の指導に携わってきました。その間、春夏合わせて甲子園大会に10度出場させていただき、1992年の夏は準優勝することができました。

また2016年からの2年間は、御縁があって侍ジャパンのU－18代表監督も務めさせていただきました。日大三でのコーチ時代も含めると、50年近くにわたって高校野球の現場で選手たちの指導に関わってきたことになります。

高校野球の目的とは何か。

これは指導者にとっては、永遠の課題なのかもしれません。

しかし、もし私がそう問われたなら、「高校野球は、人間形成の場である」と言い切ることができます。私はよく「技で人は動かず、心が人を動かす」という言葉を使うのですが、監督と選手の心と心をいかに通わせるかが、高校野球の指導においては最も重要だと考えています。これは野球に限らず、すべての指導にも当てはまることだと思います。

中国の随筆『菜根譚』という書の中に〝本物の料理〟について触れたものがあります。要は、刺激的で香りの強い料理はたまに食べると美味しいが、それは本当の美味しさではない。本物の美味しさは飽きがこないもので、水や空気のように淡い味のものだと表現されています。それはまさしく日本人が愛する「お米」であり、人間関係や野球の指導においても当てはまるものでしょう。この考え方はいつの時代も不変で、大切に守っていかなくてはならないものだと思います。

たとえば、高校野球で小手先だけの技術を教えて、甲子園に出てふたつ、みっつ勝ったらそれでいいといえるでしょうか。それよりも日々淡々と基本を積み重ねて、選手として人として当たり前のことを身につけるほうが、よほど大切なことだと私は考えます。

選手には、当たり前のことを当たり前にできる〝本物〟を目指してほしい。決して、試合に勝利することがすべてではないのですから。

私は選手時代はもちろん、指導者になってからも先達から多くの金言を授かり、それを生徒たちに伝えてきたつもりです。その結果、〝言葉の力〟によって、生徒たちの力を引き出すことができましたし、生徒も私自身も〝言葉の力〟のおかげで成長させていただくことにつながりました。

本書でご紹介する〝言葉〟の数々が、少しでもみなさまの生きるうえでのヒントになり、〝心〟と〝言葉〟の重要性に気づくきっかけにもなって、今後の指導や人間関係のお役に立てるのであれば、これに勝る喜びはありません。

球児に響く言葉力

目次

第1章

25歳で名門の指揮官に　日大三監督時代

「高校野球は人格形成、人間形成」

第2章 拓大紅陵へ赴任　0からのスタート

「技で人は動かず、心が人を動かす」

第4章

U-18代表監督就任　W杯の反省と提言

「我々は16万人の仲間の代表である」

第5章
言動で伝える　心と言葉の指導論
「自らを律し　生徒を律し　チームを律する」

終章 甲子園100回大会 私の考える今後のあるべき姿

「鍛えられし者たちが勝ち上がっていくのが高校野球」

序章

生い立ちと球歴　言葉の持つ力と重要性

「人に生まれ、
人に生き、
人に生かされ、
人を生かす」

遊びができない男

私は遊びができない男です。はめを外してしまったら、その後の自分の人生はどうなるのだろうかと、先のことを心配してしまう性分なのです。

そんな私の若い時分の采配を見た人が「勝負手を打てない」と言っているのを耳にしたことがありました。悔しいから「遊ばなくたって、勝つことはできる」と見返すために、緻密な手堅い野球で勝つことを目指しました。

拓大紅陵の監督を退いて以降、講演会や講習会などで地方に呼んでいただく機会も増えましたが、基本的には日帰りです。翌日にも現地で予定があって宿泊する場合でも、遅くまで外食をすることはありません。テレビやラジオの解説で甲子園に行っても、翌日の準備をするために夜は資料に目を通して、あとは眠るだけです。

U－18の日本代表監督になってチームを率いていたときも、アジア選手権が行われた台湾やワールドカップが開催されたカナダで、ほとんど外出はせずに戦術を練っていました。考えていることは、寝ても覚めても野球と選手のことばかりです。海外に行けば、大会に集中するため携帯電話の電源も切ります。

拓大紅陵の監督時代に甲子園に出場した際にも、宿舎から一度も出ませんでした。夏の決勝まで進むと、大体21日間くらいホテル住まいになるのですが、その間、外出も家族との連絡もなしです。家内も私と連絡がとれないので、テレビ画面に映った私の姿を見て「あー、なんとかやってるんだな」と確認するわけですが、ずいぶんと家庭には迷惑をかけてきたなと思います。

大会期間中、なぜ私がここまで自分を律することに徹しているのかについては、いくつかの理由があります。そのひとつが、選手には買い物以外は外出禁止と言っておいて、自分は大人だから、監督だからいいのかという簡単な理屈です。

「でも大人なんだから、自己責任のもと判断して自由に動いていいじゃないか」

「そこまで高校野球に束縛されたくないよ」

という意見もわかります。

しかし私の場合、大げさかもしれませんが、指揮官とは孤独に耐えなければならないものだという考えがあるのです。日大三でのコーチなどの下積み時代がそうだったので、それが当たり前だと思っているところもあります。

何日も家庭から離れていたら、大人だってホームシックになります。でも指揮官たるもの、勝負師たるものは孤独に苛まれることなく孤独に打ち勝たないと、本番で勝利を手にすることなどできないと思うのです。

私も若い頃は孤独感や恐怖感、寝不足などで異常にピリピリして機嫌が悪くなることもありました。しかし、それでは主役である選手たちが、のびのびと野球をすることができなくなってしまいます。その反省も踏まえ、自分が精神的に追い詰められることで、選手を委縮させるようなことがあってはいけないと、次第に自身の言動を戒めるようになっていきました。

名門・日大三野球部に進学

そんな野球一筋の堅い男ですが、これまでの私の野球人生は二人の兄の影響が大きかったように思います。私は、東京の下町・両国で、7人きょうだいの末っ子として生まれました。15歳年上の長兄、4歳年上の次兄はともに野球をやっていました。

私が小学1年生のときに父が脳溢血を発症したため、長兄が父親代わりになり、面倒を見てくれていました。長兄は都立第三商業で野球部の監督をしていたので、よく練習に連れて行ってもらったものです。私は長兄が行う練習を見ることが好きでしたし、グラウンドの雰囲気や部室に漂う汗の匂いなども心地良く感じていました。都立三商は公立の中でも強い学校でしたので、レベルの高い野球に、どんどん夢中になっていきました。

私はいまでもそうですが、その当時から夏になると、胸の鼓動が鳴りやまなくなっていたのを思い出します。高校野球が大好きで、東京大会を観に毎年、神宮球場へ足を運びました。次兄は東京屈指の強豪・明大中野でプレーをしていたので、もちろん応援に行きました。のちに自分が進むことになる日大三の白いヘルメット、ユニフォームにも憧れたものです。

兄たちの背中を追うように、気づけば私も野球を始め、投手をやっていました。両国中学校の3年のときには、まわりからそれなりの評価をいただくようになりました。地元には強豪の日大一が両国中の目と鼻の先にあり、金網越しに野球部の先輩から「小枝、待ってるぞ～」などと声をかけられていましたし、次兄からは明大中野に誘われていました。

当時、東京の高校野球の勢力図は、日大系列や明大系列の学校が4強以上を占めることが多かったように思います。でも私は幼い頃から両親に、野球だけではなく勉強も一生懸命することが大事だと教え込まれていたので、野球推薦ではなく一般入試で高校に進学することを目指していました。

近所の日大一か、兄の明大中野か……。ところが、思いもよらないところから、日大三への道が開けたのです。

中学3年生のとき、私が完封勝ちした相手の中学校の監督が、当時の日大三の監督・鈴木吉三郎さんと知り合いで、好投した私の話を伝えたそうです。その相手中学の監督が、夏休みに私の自宅に電話をしてきて「日大三で野球をする気はないかな?」とオファーされたのです。当時の自分では判断することができなかったので、私は両親や兄たちに相談をしました。

私は末っ子で甘えん坊の性格で、海に行っては砂浜を素足で歩けないようなデリケートな子供でした。二人の兄は当然、日大三の練習の厳しさや野球のレベルの高さを知っていましたが、私を甘やかしてはいけないと、判断は自分自身で下すように促してきました。次兄は「お前が本気で野球をやるなら、俺のところはいいから日大三へ行け。その代わり、厳しさは半端じゃないからな」と念押しをしてきました。

父親は、厳しい環境で教育を受けさせたい思いが強かったようで、私が日大三に進むことを望んでいました。こうして私は、厳しい環境に飛び込む強い気持ちと憧れを胸に、名門・日大三の門をくぐることに決めたのです。

恩師からの忘れられない言葉

高校に入学したのは50年も前のことになりますが、日大三の最初のミーティングの内容はいまでも覚えています。私にとって鈴木吉三郎監督の言葉は、とてもインパクトのあるものでした。

「高校を卒業し、社会人になろうとするときに、お前たちは10歳年上の人ともしっかり話ができるような器を備えた人間になりなさい」

普通は16歳の子供が言われても、ピンとくるものではないかもしれません。しかし私は、年上の人間と話ができるくらいに勉強しなさい、知識や話の引き出しを多く持ちなさいということだと理解しました。

野球部に入れば、日が暮れるまで野球に没頭するわけですから、必然的にグラウンドにいる時間が生活の中で多くを占めることになります。しかし、最初に鈴木監督から言われた言葉を「野球だけではいけないんだ」と受け止めたことで、一人の人間としての学びが大切だという理念が、私の野球人としての礎となったのです。

私は、鈴木監督のこの言葉が好きでした。ですから、のちに日大三、拓大紅陵の監督を務めることになったときには、子供たちに受け継いでいってもらいたいと思い、多くの生徒に伝え続けてきました。そのくらいこの考え方は、私の指導者人生にも大きな影響を与えてくれたのです。

鈴木監督の言葉で、忘れられないことがもうひとつあります。

私は1年生のときに、練習で使用したボールの数を管理する〝ボール係〟に任命されました。そしてある日の練習後、いくら数えても2球足りませんでした。すでに日は落ち、当時は照明もなかったので、暗い中でボールを探すのは一苦労です。しかし、次の日の朝にボールが落ちているところを上級生に見つかったら、大変なことになります。私はみんなが帰ったあとも、這いつくばってとにかくボールを探しました。とはいえ、日大三のグラウンドは５０００坪の広さがあります。見つかる気配は一向にありませんでした。

「もう駄目だ」と私は腹をくくり、監督室を訪ねました。練習が終わって3時間くらいが経過していたので、22時を回っていたと思います。私は状況を説明しました。すると鈴木監督から、「お前、いま何時だと思っているんだ？　そんなものいいから、早く帰れ」と言われたのです。もう寮生たちは寝ている時間でした。私は「すみませんでした」と謝って部屋を出ましたが、私の胸にはこの日の出来事が長い間ずっと残っていました。

言葉の持つ力と重要性

それから30年ほどの月日が流れ、鈴木監督の還暦をお祝いする会に私も参加させていただいたときのことです。壇上で挨拶に立った監督が、いきなり「今日は小枝に謝りに来た」と切り出したのです。そばにいた先輩が「お前何やったんだ？」と言うので、「いや、何にもやってないですよ」と答えて監督の次の言葉を待っていると、私がボールを見つけられなかったあの日の出来事について語りはじめました。そして、

「私は普段から『道具は大事にしろ』『ボールがなければ、野球はできない』などと指導していたのに、小枝に対してボールのことを〝そんなもの〟と言ってしまった。小枝の胸の中には、ものすごくもやもやしたものが残ったんじゃないかと思う。あんな言葉を吐いてしまい、本当に申し訳なかった」

と、私に謝罪をされたのです。鈴木監督は、ボールを〝そんなもの〟と表現してしまったことをずっと後悔されていたのです。

私は、もうびっくりしてしまいました。高校生から見た当時の鈴木監督は、とにかく厳

しい人だったのですが、私自身は子供心ながらに監督のことが好きでした。そして、のちに大人になり監督という同じ立場を経験するようになって、今度は尊敬という感情がより強くなっていきました。そんな鈴木監督が、30年も前のことを改めて掘り起こして教え子に詫びを入れるとは、その素直さとこだわりの強さに、やはり並みの人ではないなと感服させられました。

また、そのとき同時に感じたのは、何十年が経とうと覚えている〝言葉の持つ力〟です。自分が発した何気ない一言で、相手の心を傷つけてしまったり、あるいは、相手の心に勇気を与えたりする場合があります。言葉の使い方ひとつで、人間の生き方はいろいろなふうに展開していくということを改めて感じましたし、言葉の重要性ということも再認識させていただき、私にとってはすごく重みのある出来事でした。

余談になりますが、この話には続きがあります。

私は、還暦パーティーのあと、すぐに鈴木監督にお手紙を出しました。

「いろいろご指導いただいて、大変意義のある時間を過ごさせていただきました。ありがとうございました」

すると監督から返信のお手紙をいただいたのですが、そこにはこういった内容のことが書かれていました。

「お前は私たち夫婦を最後まで見送ってくれた。『小枝もいまじゃあ大監督なのに、ああいう姿勢が保たれれば、まだまだ伸びるな、あいつは』と夫婦で話しながら帰った。あの姿を変えなければ、お前はこれからも指導者をやってよし」

もちろん私は大監督なんかではありませんが、鈴木監督は私の姿を見ていたんだと驚いたのです。

温かみのある言葉に流した涙

実はパーティーの日は、雨が降っていました。鈴木監督ご夫妻が帰路に就く際、私は会場のタクシー乗り場から車が見えなくなるまで、雨に打たれてお二人をお見送りしていました。その間監督は一度も振り返っていません。

見ている人はどこまでも見ているんだなと勉強になりましたし、謙虚さや思いやりというものは相手に伝わるんだと感じました。

苦しいときだけ頭を下げて、事が済んでしまえばあとは知らんぷりというのが、いまの人間関係では多いように思います。

しかし、そうではなく常に真っさらな気持ちで、相手がいい状態にあろうと悪い状態にあろうと、しっかり人と向き合う人間関係を築かなければいけないし、またそれができる人間を私は育てていかなければならないという思いを強くしたものです。

そんな鈴木監督という立派な指揮官の下、私は2年生の春に第40回の選抜甲子園大会に出場をさせていただきました。二塁手の控えでベンチ入りをしていましたが、チームは初戦で敗退。私が試合に出場することはありませんでした。

日大三では、大事な大会の前には約1か月間の〝強化合宿〟があり、レギュラー候補のメンバー20人くらいが寮に入って鍛えられます。私は1年秋からメンバーに選ばれ、春の選抜に向けた冬の強化合宿にも参加していました。

その合宿中に私は左足首を怪我してしまい、ノックを受けていても自分の1メートル横のボールが捕球できないほどでした。鈴木監督は怖かったものですから、私は痛みを我慢しながら練習を続けていました。

そして強化合宿の最終日、怪我を隠して練習していたことが知られることとなり、私は監督室に呼ばれたのです。ドアを開けると、練習では鬼のような監督が、仏のような表情をされていました。

「足の調子はどうだい？」

温かみのある声と優しい顔で、私の怪我を気づかってくださいました。私は嬉しさと安堵の思いが込み上げ、涙を流してしまいました。すると患部は快方に向かいました。言葉とは、本当に不思議なものです。

強化合宿での学び

強化合宿中、選抜メンバーは寮生活になります。合宿所での上下関係は厳しく、いろいろなことを先輩から教わりました。食事の席では、箸の持ち方から調味料の使い方まで細かく指導を受けました。たとえば食事が終わって先輩が、

「お前と俺のお皿を見比べてどう思う？　お前のは調味料がびちゃびちゃに残っているけど、俺のはほとんどない。美しく食べるというのもマナーだぞ。それに洗う人のことも考えたら、どっちがいいかわかるだろう？」

食事に関しては、こんなこともありました。先輩から「お前は今日おかわりをしたのか？」と聞かれて「はい、しませんでした」と答えると、「食が細い選手にいい選手がいるわけがないだろう。やっぱり1杯飯は駄目だ。おかわりをする努力をしてしっかり食べ

ろ」と言われました。

そして次の日、また先輩から「今日はおかわりをしたか?」と問われ、「はい、させていただきました」と答えたところ、さらに先輩から質問がきました。

「後ろには誰がいたんだ?」

誰がいたんだと言っても、合宿で下級生は私一人だけですから、上級生しかいないわけです。私が「上級生のどなたかがおられました」と答えたところ先輩は、

「なぜ、『お注ぎします』の一言を言えなかったんだ。その上級生が『いいよ、先にやれよ』と言ったら自分が盛ればいい。それぐらいの気づかいは社会に出ても必要だよ」

このように、食事に限らずお風呂の使い方からトイレの使い方にいたるまで、合宿期間中に一つひとつ先輩からチェックが入るわけです。しかし、これを「うるせえな」とうっとうしく感じるか、「あー、ここまで気をつかうんだ」と思って感心するかは受ける側の器です。私の場合は、合宿で受けた指導が新鮮に感じましたし、その後の人生でもすごく役に立っています。

こういった指導は共同生活だからできることで、家庭ではなかなかされないものです。最近は、上級生からの指導というのをみんな嫌がります。しかし、生きていくうえで大切なことを教えていただけるのに、それを拒否していたら損をするのは本人です。

私は風呂場では先輩の背中を流し、こちらから「ありがとうございました」と言っていましたし、下級生のときに湯船に入ったことはありません。洗髪はシャンプーではなく、10個100円で売られているようなレモン石鹸でした。私は湯船やシャンプーがなくたって、人は生きていけるんだと思える野性味も身につけていきました。

トイレや風呂掃除は当然、下級生の仕事です。下級生は私一人だったので、生活におけるすべての教育的な指導は、私が一人で請け負っていました。

ちなみにトイレ掃除に関しては、私が日大三の教員になっても、拓大紅陵の監督、教頭になっても続けていました。生活の中で、トイレの汚れ程度の些細なことに気づかないようでは、野球全体を考えたときに、きっと大事なことを見落としてしまうという思いもありました。

甘やかされて育ってきた私は、高校野球を通じて、良いこと、悪いことの分別がつけられるようになりましたし、心を育てることもできたと思っています。

人間は二心を持ってはいけない

このように、高校時代に鈴木監督や先輩方から多くの大切なことを学ばせていただいたのですが、漢文の教師で、野球部長でもあった桑野卓先生もその一人です。

私は昔から短歌や漢文などが好きでした。古くは小学校のときに、先生が何気なく詠んだ句も覚えています。

「踏まれても　根強く偲べ　道芝の　やがて花咲く春は来ぬべし」

出典は不明で諸説あるようですが、「根気強く頑張れば、花が開く」という意味のこの句が好きで、いまでもよく覚えています。もしかすると、幼い頃から〝言葉の力〟に魅了されていたのかもしれません。高校生になると国語や倫理に興味を持つようになり、鈴木監督を支えた桑野部長の漢文の授業は、とりわけ一生懸命に聞いていました。

桑野先生は抑揚のないしゃべり方だったので、他の生徒は眠かったのでしょう。お休みタイムに入ってしまうのですが、私は野球部員だったので「一番前に来なさい」と先生に呼ばれ、最前列で授業を受けていました。

よく覚えているのは、「人間は二心《ふたごころ》を持ってはいけない」という言葉です。二心とは二つの心、つまり別々の心で、裏切り、謀反、不忠、浮気といった意味があるのですが、桑野先生はわかりやすくこんなたとえを出しながら教えてくださいました。

「孔子はよく〝仁〟という言葉を用いました。仁とは思いやり、慈しみ、情けといった良い意味の言葉で、〝にんべん〟に〝二〟と書きます。ところが〝人〟が〝二〟の心を持つのは、人間関係において決してあってはならないことです。二の心、つまり二心とは別々の心ですから、裏表があるということです。人間は損得や利益を考えて人と付き合ってはいけません」

私はそれまでもずっと、人間は計算で付き合ってはいけないと思っていたので、この桑野先生の言葉が自然にすっと心に入ってきました。

桑野先生には、私がのちに日大三の監督になってからも多くの言葉やアドバイスをいただきました。その中のひとつに、

「指導者たる者は右手に不動明王の厳しさ、左手には観音菩薩のような慈愛の心を持たなければならない」

というものがあります。私はこの言葉を、グラウンドでは厳しく、練習が終わってグラウンドを一歩出たら、思いやりを持って選手と接することが大切なんだと解釈して、その

後の指導に生かしました。

〝魔術師〟との出会い

さて、私たちは春夏連続の甲子園出場はならず、2年秋の新チームに入れ替わるのと同時に、鈴木監督から萩原宏久監督へと交代しました。そして、私はこの代の主将に任命されました。

しかし、高校野球最後の学年で、甲子園に出場することはできませんでした。それなのに、私は高校野球をやりきった思いが強くありました。足首は痛いし両太ももは肉離れで、怪我を抱えながら、なんとかごまかしごまかし戦い抜いてきていたので、敗れた悔しさよりも「これで高校野球は終わりだ！」という解放感のほうが強かったのです。

ただ、怪我を抱えている期間に、その後の指導者人生での視野が劇的に広がる、得がたい出会いがありました。その方は、萩原監督に紹介された矢作義孝先生というトレーナーなのですが、まるで〝魔術師〟のような人でした。

その頃の私は、約半年間かかとを地面に着けることもできないくらい、足首の痛みに悩まされていました。そこで、矢作先生のところへ行くことになったのです。

「失礼します。日大三高の小枝といいます。よろしくお願いします」と言って、ふすまをすっと開いて閉めた瞬間、「痛いね、これは。早くこちらにいらっしゃい」と言われて、「足首がずれているんだよ。これは痛いよね」などとしゃべりながら、ものの10秒ぐらいで施術は終わりました。

そして先生は「明日からできるからやりなさい」と言うのですが、私は失礼ながら「嘘だ、半年も痛くてできなかったのが、たった10秒足らずの施術で明日からできるわけがない」と思いました。ところが、翌日恐る恐るグラウンドに立ったら痛みはなく、走ることまでできるようになっていたのです。

私はすっかり矢作先生に心酔しました。そして、その後も先生のところへ通ううちに、すごいのは施術の技術だけではなく、体の仕組みやメカニズム、動作解析やトレーニング法などの知識、知恵が尋常ではないことに気づきました。

先生にバッティングについて質問したときには、

「打席では、ピッチャー寄りの膝の〝眼〟、膝の外側の〝膝眼〟でボールを見る努力をしなさい」

と言われたこともあります。先生はこのように〝膝眼〟とか〝心眼〟とか〝眼〟という言葉をよく使われていたのですが、ご自身の心眼もそれはそれは凄まじく、私の心の中はいつも見透かされていました。

そんなすごい方ですから、私が監督になって以降も、矢作先生には本当にお世話になり、長くお付き合いをさせていただくことになるのです。

指導者を目指すきっかけ

さて、引退の解放感に浸っていた夏、萩原監督から連絡が入りました。

「自宅とグラウンドの往復区間の定期券を買いなさい。夏休みに練習の手伝いをしに来なさい」

とのことでした。このときの私は、まだ指導者になろうとは思っていませんでした。しかし、主将に任命された2年生の秋に、八百屋の軒先で雨だれを見ていて、ふと思ったことがあります。

「高校野球で学んだ素晴らしいこの教えを、誰が後世に伝えていくのだろうか」

高校入学するまでは、私は7人兄弟の末っ子で甘えん坊の〝お坊ちゃん〟でした。しかし、上下関係の厳しい寮生活や激しい練習で、礼節や生きていくために大切なこと、さらには野性味を覚えるなど物事の価値観がずいぶん変わっていきました。これは高校野球のおかげです。

このとき、監督になりたいと思っていたわけではありません。でも、野球を伝えていきたいというより、野球で学んだ貴重な教えを、私が伝えていかなければいけないと高校生ながらに思ったのです。

夏休みが終わったあとは、萩原監督から秋季大会の審判の仕事を手伝いなさいと命じられ、最終的には公式戦の塁審までやりました。おかげで私は、野球をこれまでとは違う視点で見ることができるようになっていきました。

もしかしたら萩原監督は、私の中に指導者になる資質のようなものを見出し、こうして練習や審判の手伝いをさせることで、経験を積ませようと思ってくださったのかもしれません。

私の好きな言葉に「人に生まれ、人に生き、人に生かされ、人を生かす」というものがあります。これは人生の順番です。

野球を教えてくれた兄たちは、私がのちに監督を務めた試合のほとんどを観戦しに来てくれました。これまで仕えてきたお二人の監督や部長先生、トレーナーの先生、先輩方の指導と言葉に支えられ、私は憧れの日大三で野球を全うすることができました。

　今度は、自分が「人を生かす」番だと気づき、この先の人生では、高校野球の指導のお手伝いをしていきたいと思うようになったのです。

「高校野球は人格形成、人間形成」

第1章

25歳で名門の指揮官に　日大三監督時代

教職課程を取得し教員の道へ

高校卒業後、私は日本大学に進み、1年間だけ野球部に所属しました。そこで捕手にコンバートされたのですが、体がもうボロボロだったのと、1学年上に大学日本代表に選ばれるほどの先輩捕手がいたので「こんな体の状態では勝負できない」と現役引退を決めました。そして大学2年生のときから、萩原監督に呼ばれ、母校にコーチとして戻ることになったのです。

コーチをしながら就職先を考えはじめたとき、部長の桑野先生から、

「君は学校に残りなさい」

「教員になるために、教職を履修しておきなさい」

と通告されました。いずれ指導のお手伝いをしたいと思ってはいましたが、教員になることは考えていませんでした。ましてや、日大三の監督というのは雲の上の存在でしたから、もちろん自分がなろうだなんて想像したことすらありませんでした。

そして私は、桑野先生の指示に従い、必死に猛勉強をして教師になりました。大学では

経済学部だったので、社会科の教師となったのですが、政治・経済だけでなく倫理の授業も持たされ、1週間の持ちコマはかなりの数でした。

最初は講師扱いで給与は安く、寮費を支払ったら自分で使えるお金なんてほぼ残りませんでした。その後、学校側が2年目に正教員にしてくれて、なんとか本を買うお金くらいの余裕ができるようになりました。

「教壇に立て」と、大学時代に私の職業選択の自由を奪った桑野先生の本心は、のちにわかりました。歴代の日大三の監督の方々は、みなさん教員ではなかったため、私には野球も人間教育も両方できる指導者になってほしかったようです。

また、暗黙のルールで、日大三の監督は結婚してはならないという不文律もありました。結婚すれば、どうしても家庭に気持ちが向いてしまうので、授業も所帯も持たずに、野球だけに集中しろということだったのでしょう。

しかし、私は教員になりましたし、日大三の監督になってから結婚もするという新しい道を辿りました。過去の歴史に逆らったわけではありませんが、教師になり、一家の主にもなったおかげで、指導につながる大事なことを再認識することになりました。

人に生まれ、人に生き、人に生かされ、人を生かす——。

生徒に野球を厳しく教えるその前に、一人前の人間に育てることが大事なんだと桑野先生から教わった気がします。

25歳で日大三の監督に就任

大学3年間と教員3年間で計6年間のコーチ時代の下積みを経て、25歳だった1976年8月から、私は日大三の12代目の監督に就任しました。

私が高校3年生のときに指揮を執っていた萩原監督のあとは、鈴木康夫さん、山田隆夫さんが監督をされていました。萩原監督は第43回の選抜大会で優勝をされていますし、私が就任する前の11人の監督はすべて甲子園に出場しています。その歴史を途絶えさせてはならないというプレッシャーとも、私は日々戦っていました。3年間のうちに甲子園出場ができなければ、日大三の指揮官としては〝無能〟と言われてしまいます。ですから死に物狂いで練習をして、選手指導も厳しく行っていく必要があったのです。

私だけではなく、それまでの監督も厳しく選手への指導をされていたと思います。日大三では、勝てないとOBから采配や指導法について細かく批判されるので、内臓疾患を起こした監督も数多く見てきました。精神的に追い詰められ、非常にストレスのたまる仕事です。私も胃に潰瘍ができたことがありました。

監督として私は新米でしたが、勉強を重ねて練習メニューや体のケアのことをいろいろと考えました。そして、まず「水を飲むな！」という古い慣習を捨てたのです。もちろん、私が高校生の頃は真夏でも水が飲めず、地面の雨水を這いつくばって飲むような現役時代を送っていました。しかし、果たしてそれが正しいのかどうか、ずっと自分の中では疑問だったのです。

専門家とも意見交換をして、高校生にはどれくらいの水分量を、どれくらいの間隔で補給させると体への吸収率がいいのかということまで考えました。こうして、当時では珍しかった水分の積極的な補給を率先して行ったのです。

その他にもコンディションを整えるために肩や肘のアイシング、怪我予防のためのストレッチやウエートトレーニングなども取り入れました。いまではどこの学校でも当たり前のように行っていることですが、これらもまだ当時としては新しいことでした。

ウエートトレーニングについても、ずいぶん勉強しました。中でも、トップアスリートのコンディショニングコーチやオリンピックの強化スタッフなども務められた、比佐仁さんと出会ったのが大きかったです。

比佐さんは、宇宙飛行士のアポロトレーニングを、アメリカから日本に初めて導入したほどの方だったので、最先端のトレーニングや最新の理論をよくご存じでした。

比佐さんからは、選手たちを納得させるためには〝数値〟を出すのが一番いいと教わりました。上腕が何センチ太くなったとか、太ももが何センチ大きくなったとかの数字を示すことは新鮮で、かつ成長の度合いが一目瞭然でわかります。選手たちは、自主的にやる気が起きるようになっていきました。

また、ウエートトレーニングも、それまでの日本のやり方だと重いものを持ち上げて、筋肥大させるだけで終わっていました。

しかし、比佐さんが言うには、ただ重量のあるものを持ち上げて体を作るだけではなく、大きくなった筋肉をスピードに転化しなければ意味がないとのことで、そういうトレーニング方法も取り入れました。これによって、打球速度や飛距離も当然のようにアップしていきました。

こういった最新トレーニングの導入が、17年ぶりの夏の甲子園出場にもつながっていくのです。

最先端の手法を導入

のちに、世に多く出回ることになるプロテインの摂取も、比佐仁さんから教えていただき、この頃から導入しました。飲めば筋肥大になりやすく、良質のタンパク質を摂取できたため、トレーニングの最中にも飲ませていました。水の代わりに飲ませていたことも、一時期あったように思います。

また、ただプロテインに頼るだけではなく、運動した1時間以内に良質のタンパク質を適度に摂るのが最も筋肉になりやすいということも習っていたので、試合後に選手たちと焼肉屋に寄って、エネルギー補給をしてから帰るということもありました。

こういった当時としては最先端の手法を取り入れたことで、チーム力は着実に上がっていきました。

知らないのは不幸です。しっかり学んで、きちんとした知識を持っていないと、子供たちをとんでもない方向に導いてしまうこともあります。私は、知らないことを聞くのが恥だとは思っていなかったので、わからないことは「先生、教えてください」と、いろいろな方々に何でも聞いていました。

私がこれほど体のことを一生懸命学び、日々の指導にも積極的に取り入れるようになったのには理由があります。それは、私自身が現役時代、怪我に泣かされてきたからです。選手たちには、私と同じような思いをしてほしくありませんでした。

怪我をしない強い体を作るのには、どうしたらいいのか？

厳しい練習に付いてこさせるには、どうしたらいいのか？

それでも、翌日になったらケロッとしているような体力をつけるためには、どうしたらいいのか？

日々、そんなことばかり考えていました。厳しい練習を課せば課すほど、選手たちに対して情が湧いてくるものです。

高校時代に診ていただいたトレーナー・矢作先生からも、最新のトレーニング方法を教わっていました。いまでこそ主流ですが、〝体幹〟とか〝インナーマッスル〟を鍛えるようなトレーニングも、かなり昔から練習メニューに取り入れていました。

先生にお会いする際には、いろいろとトレーニング法やリハビリのやり方などを教えていただくのですが、「その場合は、これこれこうで、こうして……」と一度しか答えてくれません。私は「今日もありがとうございました」と部屋を出た瞬間、いま聞いたことを手のひらにバーッと書き出します。そして帰り道で文房具店に寄って用紙を買い、手のひらに書いたことを書き写していくわけです。何か抜け落ちているところはないかと、先生の話を一つひとつ思い出しながら……。

そして、一通り書き終わったあとで改めてそのトレーニング法を見返してみると、器具は使わないのに、内容がまさしくウエートトレーニングそのものなのです。要は器具がなくても、自分の体重分の負荷なら体に与えることができるということです。

ですから、いま公立高校などに指導に行った際、「ウエートの機械がないから、うちは選手の体を鍛えられない」と言われると、矢作先生に教えていただいたことを私が実践してみせたりすることもあります。

先生から教えていただいたことすべてが財産であり、すごい強みになっています。私の場合、先生と出会ったのが若かったので旺盛な探究心がありましたし、子供たちのために正しいやり方を求める気持ちも強く持っていました。おかげで、知識がどんどん入ってきて、一本の太い柱ができたように思います。

まわりに還元していく気持ちと、心と頭を〝乾いたスポンジ〟の状態にしておくことは、とても大事なことなのです。

私を救ってくれた一冊の日記

しかし、これまでとは違う新しいやり方を取り入れると、日大三ではすぐにＯＢたちから「お前は何をやっているんだ？」と批判の的になりました。いままでは当たり前の水分補給も「気合いと根性が足りないから、水が飲みたくなるんだ」と言われて、どう説明しても取り合ってくれませんでした。

私は多くの学びを得て、医学的・科学的な根拠をもとに〝いいものはいい〟とポリシーを持って続けていましたが、監督として〝優勝〟という結果がなかなか出なかったので叩かれました。それでも、外部の声よりも選手たちのために何がベストかを考えて、正しいと信じることを推進していきました。

悔しい思いは他にもあります。

私が監督に就任する４か月前の４月に、校舎は東京の赤坂から町田に移転し、広大な土地に『丘の上キャンパス』を築いて、グラウンドも寮も併設されました。当時の西東京では桜美林高校が強く、私が就任する年の春季東京都大会で準優勝して、進んだ関東大会では初優勝。夏の西東京大会も初めて制して、さらに甲子園では初出場初優勝の快挙を遂げることとなります。

その桜美林も町田市にあったので、日大三の理事長から桜美林が甲子園に出発する前に「新監督として、手土産を持って挨拶に行くように」と指示されました。

私は夏の大会が終わってから監督に就任したので、春の大会の時点ではまだコーチでしたが、このとき日大三は桜美林に準決勝で敗れています。胸中複雑な中、桜美林の合宿所へ向かったものです。

学校の授業、野球部の指導、外部からの圧力や批判への対応……。

勝つためには、どうするべきかと考えていると、眠れない日や睡眠が3時間になることはざらでした。

自分の取り組みや采配は間違っているのではないか……。

そんなふうに悩んでいた頃、一冊の日記が私を救ってくれました。それは、私の入学時の監督で敬愛する恩師・鈴木吉三郎さんが書かれた野球日記で、片づけをしているとき偶然にも出てきたのです。日記は、移転の際に書籍などを詰めていた段ボールの中に入っていました。鈴木監督が現役中に書かれていた姿を見たことがないので、きっと監督室やご自宅に一人でこもって書いておられたんだと思います。

その野球日記には、練習メニューから、起用した投手の名前と順番、投手のコントロールの良し悪しや、球威があるのか、いまひとつなのか、体調がいいのか、疲れ気味なのかなど、個々の選手の特徴が事細かに書かれてありました。

そして驚いたのは、その書き方が、私の書いている野球日記と同じだったことです。

私は鈴木監督から、指導者としての帝王学を直接的に学んではいませんが、入部直後の最初のミーティングで魅了されて以降、鈴木監督の考え方に自然と似てきたのでしょうか。あるいは、元々の価値観が近かったのでしょうか。

いずれにせよ、当時なかなか成績を残せていなかった私に、鈴木監督の野球日記が大きな自信と勇気を与えてくれました。私はこれまでと同様、選手の内面を理解したうえで、野球だけを教えるのではなく、その後社会に出て行くときに立派な人間に育てて送り出すという考えで、引き続き指導にあたることとなったのです。

矢作義孝先生から一喝された日

監督になってから、ある日のことです。いま考えると、私が生意気になりかけていた頃で、知ったかぶりをしていたのだと思います。矢作先生を怒らせることになってしまったのです。

先生の治療院に『人体解剖図』を持っていき、それを指さしながら「先生、この部分を鍛えるには、どうすればいいんでしょうか?」と、わかったような口をきいたところ『人体解剖図』をパーンと叩きつけて「帰りなさい」と一喝され、部屋から追い出されてしまいました。

「やっちゃったなー」と思って、外で1時間くらい立ったまま反省しながら、何が悪かったのだろうかと考えていました。そして答えを見つけて、再び治療室に戻り、

「申し訳ございませんでした。私の考え方が間違っておりました」

「人間の体は、部分じゃないということを忘れていました」

と謝罪しました。

すると、先生は「これからちょっと世田谷へ一緒に行こうよ」とテレビ画面を指さすわけです。そこには、ときの総理大臣の姿が映っていました。「ちょっと待ってください。私なんかがそんなところにお邪魔しては……」と言うと先生は、「人間はみんな同じですよ。総理大臣だろうが小枝守だろうが、同じ一人の人間です」と言うのです。

先生によれば、総理大臣のような方は体のどこが悪いというのではなく、忙中閑ありで

体のバランス調整をするとのことでした。総理大臣の体の手当てを許されているくらいの方ですから、予約制の治療院の患者さんは大企業の社長、会長さんなど、各界の錚々たる方たちばかりです。先生はそんなすごい方なのに、私が連れて行った選手たちを快く診てくださっていました。

一度、肩が痛いという選手を連れて行った際には、

「小枝君、これは肩が悪いんじゃなくて膝が悪いんだよ」

と言って膝の手当てをして、あっという間に治したこともあります。先生が言うには、その選手は半月板を損傷していたようで、痛みを感じるためにかばうような動きをしたことで、別の部分に痛みが出ているとのことでした。

外科に行ったらくさび型の軟骨を切るようなところを、先生は軟骨をこともなげに中にスッと入れて治したようでした。

矢作先生は、こういった治療の技術や知識だけでなく〝心眼〟も持ち合わせていて、本当に人間離れしているような方でした。

高校野球の目的は人格形成、人間形成

そして、私のよき理解者だった方がもう一人いらっしゃいます。日大三のOBで、広島東洋カープ、西武ライオンズ、福岡ダイエーホークスの監督を歴任したのち、西武やダイエーの編成トップとして、日本球界に多大なる功績を残した根本陸夫さんです。

私が日大三の監督をしていたときに、根本さんの息子さん二人を野球部で預かっていたのが御縁でした。監督に就任して最初に根本さんとお会いした際、互いの野球観の話になって「よく覚えておくように」と、こんなことを言われました。

「高校野球の目的は人格形成、人間形成だ」

根本さんは、世間では強面で辣腕を振るうイメージがあるので、「高校野球は勝利至上主義だ」などと言いそうなものだけど……とみなさんは意外に思われるかもしれません。しかし、まったく真逆の考え方でした。

根本さんによると、

「野球は投げたり、打ったり、捕ったりする中で、勝つために行う点取りゲームだ。だから練習の〝種目〟は勝つために行うものだけど、練習の〝目的〟は、人格形成、人間形成をすることなんだ」

とのことで、結果的に私は人格形成、人間形成という言葉に、すごくこだわりを持つようになりました。

最終的に勝利、さらには優勝という結果を出すためには、何が必要かと前倒しをして考えていくと、捕って、投げて、打って、走ってという部分を鍛えないといけません。しかし、それだけでは鍛えた技術を生かすことはできません。やはり、そこには精神的な要素が絡んでくるのです。

野球というのはチームスポーツですから、組織の一員として集団生活をきちんと送ることが必須条件となります。そこでトラブルが起きたり、ルール違反をしたりする人間が出てきたあとで、指導者が「あー、きちんと教えておけばよかったな」という後悔をしても遅いわけです。

だからこそ、一番はじめの段階で、一番大事な人間形成や人格形成をしておかないといけません。そうすることで、結果的に問題は起こりづらくなり、最終的には勝ちやすいチームが作られていくことにつながるのです。

また、根本さんに言われた、

「何が〝幹〟で、何が〝枝葉〟なのかをちゃんと理解しておけば、指導者としてぶれることはない」

という言葉も心に強く残っています。風で〝枝葉〟が揺れているからといって、〝幹〟が揺れているわけではない。しかし、もし〝幹〟が揺れているようなら、〝根元〟をきちんとしないといけない。〝幹〟というのは物事の本質であって、誰かに何かを言われたからといって変えるものではない、と教わりました。

これは、生徒の指導においても当てはまります。たとえば、生徒が問題を起こしたとき、こんなふうに言う指導者がいます。

「お前の家では何を教わってるんだ」

「だからお前は駄目なんだ」

問題のポイントとなる〝幹〟だけを指摘して注意すればいいのに、このように〝枝葉〟までつけてしまうと、言われた生徒は反発するでしょう。問題は収まるどころか大きくなり、収集がつかない事態になります。

また、選手の性格という〝幹〟をきちんと見てあげることも大切ですし、選手の長所という〝幹〟は何なのかを見抜くことができれば、その選手の2、3年後の青写真が描けるので、投球フォームの修正や、コンバートの判断にもつながります。

根本さんは〝幹〟と〝枝葉〟を知ることが、指導者にとって大切なことなんだということも、私に教えてくださったのです。

私の野球観を変えた人

根本さんは、私の野球観を変えてくれた人でもあります。

根本さんとは何度もお会いし、そのたびに野球の指導論や技術論をご教示いただいていました。そして、いつものように野球談義をしていたあるとき、こんなふうに言われたことがあります。

「お前の野球は難しい」

そのとき私は思わず、「先輩、僕ら三高の野球というのは、こういう理論じゃないんでしょうか?」と言い返してしまいました。すると根本さんに、

「バカ抜かせ。本場(アメリカ)はこんなことはやらないぞ」

と言い放たれたのです。たとえば、次のようなやりとりの中で、根本さんから学んだこ

とがあります。

守備側の考えとして、一般的に右中間の深くに飛んだ打球は、センターとライトの二人で追います。いまの高校野球でも9割9分9厘のチームが、こうしていると思います。しかし、根本さんは「こんな不合理なことがあるか？　そんなもの一人が追いかければ済む話だ」と一蹴するのです。

「どちらかが、第一カットに入ればいいだけの話だろう。そうすれば二塁手は、第一カットのカバーに回れる。ショートは、そのまま真っすぐ二塁ベースに行けばいいし、ファーストがバックホームのカットに回れる」

非常に効率的なフォーメーションに、私は「なるほどな」と思いました。考え方を柔軟にすれば、足の速い選手が長い距離を走って追えばいいし、肩が強い選手にボールを返して長い距離を投げてもらえば、中継に要する時間は早くなります。このフォーメーションは取り入れてもいいなと、そのときすぐに思いました。それまでの私は、教科書通りの理詰めの野球でした。

しかし、日大三で5年、拓大紅陵で33年の合計38年の監督人生で、このフォーメーションが成功したのは、右中間と左中間で一度ずつくらいです。38年間で一回か二回ですから、それくらいアウトにできる確率は低いプレーでした。ただ、根本さんが言いたかったのは、そういうことではありません。

ひとつの方法に縛られてはいけない。

自分たちの学んできた野球が、ベストだと思ってはいけない。

教科書通りの理詰めの野球が、いつも正しいわけではない。

その年々の選手の能力やチーム状況に応じて、中継のフォーメーションを変えてもいいわけです。考え方のベースとなるチームの基本方針はあるけれども、今年に限っては「このフォーメーションで行く」という説明がきちんとできてさえいれば、選手たちが迷うことはありません。

日大三というひとつの学校の考え方に縛られず、外の世界を見て、本場アメリカの野球も見て、広く柔軟に学んでこられた方の考え方だなと私は感服しました。

朝まで続く野球談議

とにかく根本さんは、野球のことで知らないものは何もないというイメージを相手に植えつける方で、私の知らない技術も、たくさん教えていただきました。

野球の技術論や指導論になると、寝るのを惜しむように朝まで話が続きます。夜に突然電話が入り「銀座にいるから、いまから来い」と言われて、町田から根本さんの宿泊先まで車を飛ばしたことも一度や二度ではありません。そして、ホテルの一室で野球談議が始まります。

「お前の野球の知識を知りたい。今日は投げ方の話をしよう」

と、おもむろにメジャーリーガー10人ほどの写真を、バッとテーブル上に出されて一言、「説明しろ」です。肘の使い方や角度はどうなっているのか、上体投げか、そうではないのかなど、私は細かく意見を述べます。すると根本さんは畳みかけるように、それぞれ正しい体の使い方なのか、間違っているのかの説明を求めてきます。そして、また私は聞かれた質問に答えるのですが、根本さんとしては、私にきちんとした知識があって指導しているのかどうかを見極めたかったのだと思います。

二人の大男が汗をかきながら、体を使って野球について熱く語っているうちに、夜はどんどん更けていきます。私はというと、野球部の早朝練習が5時から始まるため、それまでには町田に戻らないといけません。ですから、朝3時、4時くらいになると「先輩、私は5時から朝練があるので、そろそろ失礼します」と言ってお開きとなります。朝5時から練習をして、授業をして、そのまま寝ずに午後の練習に入るなんてこともしょっちゅうありました。

また、違う日には電話で「いま、どちらですか?」と尋ねたら「北海道だよ。あとで行くから」と言って、本当に町田のグラウンドにいらしたことがありました。根本さんがグラウンドを訪れるときには、大体タクシーを降りるなり「小枝! 土産だ! 選手に食べさせてやってくれ」と、大量の袋を渡されます。駅前のパン屋さんで、毎回お店中の商品をすべて買ってきてくれるのです。根っからの親分肌でした。野球以外のそういう男の生き様の部分も、すごく勉強になりました。

私が日大三を離れて拓大紅陵に移ってからも、ずいぶん気にかけていただきました。

飯田哲也(現・ソフトバンクコーチ)たちの代で、選抜に出た1986年のことです。私が甲子園のネット裏の一番上のほうに座っていると、私を見つけた根本さんが、真っ白いコートに真っ白のマフラーで階段を昇って来られました。私の前には、各プロ野球球団のスカウトや解説者の方たちが勢揃いで直立しているのですが、それには目もくれず私のところまでやってきて、

「小枝、ご苦労だったな。いいチームができたらしいじゃないか。頑張れよ」と声をかけてくださるのです。そのあとスカウトの人たちに「おはよう」と挨拶するのですが、それがなんとも絵になるというか、雰囲気がありました。

根本さんが千葉の社会人チーム・新日鉄君津を視察されたときには、「10分後に来い」と呼ばれたこともありました。いくら同じ千葉の木更津とはいえ、10分で君津まで行くのは不可能です。ただ、そういう根本さんとの触れ合いが、楽しくもあったのです。

根本陸夫さんの教え

根本さんは、言葉は適切ではないかもしれませんが、しつこいくらいに〝こだわりの人〟でもありました。たとえば、一人のプロ野球選手に指導を始めると、その選手ができるようになるまで、付きっきりでいつまでも指導を行ったといいます。

非常にこだわりが強く、私への指導も細かいので、選手の帽子のかぶり方から、ランニングの姿勢にいたるまで「お前は一体、何を教えているんだ」と叱られたこともあります。もちろん根本さんは、私の采配にも目を光らせていたのですが、それだけではありませんでした。一度、私が試合後に発したコメントで注意を受けたこともあります。

試合に負けた直後、私がミスをした選手のことをかばって、「私の采配ミスで負けました」と口にしたそのコメントが新聞に載ったとき、すぐに根本さんから連絡がきました。

「どういうことだ、あのコメントは！」

と聞かれて、その理由を話しました。私としては、ミスをした選手を監督がかばうのは当然のことだと思っていました。潔く自分の責任で負けたということにしようと考えていたのです。

ところが、根本さんからすると、

「活字というのは、形として残る。安易に采配ミスを認めることは、まわりからの評価を落としてしまい、監督としての能力を問われかねないんだぞ」

と、お叱りを受けました。選手をかばう気持ちはわかるが、先のことまで考えて発言に気をつけろという、根本さんの私に対する親心でした。

もちろん、敗北の原因を選手のせいにするのは論外ですが、私はここでもまた、言葉の持つ意味や重要性というものを教えていただくこととなりました。

根本さんは、西武の監督時代に開幕12連敗を喫して最下位に終わったシーズン、自宅に脅迫状が届いたり、嫌がらせや抗議の電話がかかってきたりして、家族が不安を感じるような経験もされています。そのときは選手のせいにするでもなく、自分の采配を否定するのでもなく、ただ勝利に導けなかったことについてだけ触れていたようです。

言葉の表現というのは難しいものですが、根本さんの指揮官としての立ち居振る舞いや、言葉の使い方はとても参考になりました。

私は昨年、U－18ワールドカップで3位になって帰ってきたとき、自分がすべての責任をかぶるような形で「私のミスで負けました」というコメントを出すことはしませんでした。「敗軍の将、兵を語らず」で、「勝てる要素が少なかった」といったコメントにとどめておいたのは、根本さんの教えを生かしたからなのです。

広岡達郎さんとの禅問答

根本さんは「専門家は専門家に学んでこい」というスタンスでした。

たとえば、いきなり「いまから、日大三の小枝が行くから頼むぞ」と電話をかけて、「話を聞いてこい」と指示された場所に行ったら、そこにいたのは広岡達郎さんだったということもあります。

広岡さんといえば、現役時代は巨人の名ショートとしてV9の黄金期を支え、監督としては当時弱小球団だったヤクルトや西武を、短期間で日本一に導いた名将です。急に根本さんに言われた広岡さんも大変だったと思います。

私は根本さんから「質問してこい」と言われているので、広岡さんに尋ねました。

「ボールはどうやって捕ればいいのでしょうか?」

すると、

「後ろにやらなければいいんです」

という回答が返ってきます。広岡さんは現役時代、三遊間の深いボールを捕ってからの動きが速く、間一髪のタイミングでアウトにする印象で、確実性の高い守備をされていました。ですから、私は次にこんな質問をしました。

「ショートが三遊間のボールを捕ったときは、どのように投げればいいのでしょうか?」

すると今度は、

「投げたいところに手が行けばいいんですよ」

という答えで、まるで禅問答のようなやりとりがしばらく続きました。そして、最後は広岡さんがこんな言葉で会話を締めくくりました。

「知っていて聞くのもつらいでしょう?」

ただ私の中には、もしかしたら、自分の考えとは違うことを言ってくれるかもしれないという若干の色気がありました。

それと同時に感じたこともあります。広岡さんは「じゃあボールを後ろにやらないためには、どうすればいいのかを考えろよ、勉強しろよ」という投げかけをしてくれたのではないかということです。

それからというもの、私はその答えをいつも探していました。

「〝正面で捕る〟というのはどういうことなんだろう？」

そんなある日、トレーナーの矢作先生のところにお邪魔した際に、

「先生、〝正面〟というのはどういうことなんでしょうか？」

と質問しました。すると、矢作先生は合気道をされていたので、〝正面〟の定義をこんなふうに説明してくださいました。

「〝正面〟というのは、体の正中線と対象物を結んだものです。だから、ボールが右へ行ったら体も右に向ければいいんです」

この発想は当時の私にはなかったものなので、すごいなと思いました。面白いことに広岡さんも合気道をされていたので、私の中で見事に話がつながり、その後の指導の幅を広げていくこととなったのです。

根本さんと矢作先生の共通点

実は矢作先生と広岡さん、さらに根本さんの3人は知り合い同士でした。根本さんが広島カープの監督を務めておられたとき、矢作先生はチームのトレーナーだったので、お二人は師弟のような関係でした。また、そのときの内野守備コーチが広岡さんでした。

試合前に、選手のスローイング練習を見ていたトレーナーの矢作先生が、その後ずっとフェンスにボールをぶつけて、体の動きを研究していたこともあったそうです。あるトレーナー仲間からは「矢作は練習中に遊んでいる」と言われたようですが、自ら動きを確認して、あとで監督やコーチに気づいたことを進言するためでした。

そういう細かな動きのチェックは、ピッチャーの交代時期なんかにも生きたようです。矢作先生は、マウンド上のピッチャーの動きを見て、「まだ持つ」「そろそろ」「もう限界」ということが正確無比にわかるとも言っていました。外から人の体を見ても骨格が透視できるくらいで、もう達人中の達人のような方でした。

そんな矢作先生と根本さんのお二人に共通していたのは、研究熱心で探究心が旺盛だということです。

矢作先生は、超一流の方々とのお付き合いの中で、人間の動きとか体、骨格のことをものすごく研究されていましたし、根本さんは何事もとことん突き詰めて考える方で、とくに野球に関しては妥協がありませんでした。

根本さんが野球を教えはじめたり、語りはじめたりすると、夜を徹して尽きることがありません。逆に言えば、それだけ多くの引き出しを持っているということでもあります。

「こういうやり方もあれば、ああいうやり方もある。こういう練習のときには、こういう道具を使ったらいいいぞ」

と言って、最新の器具を紹介、手配してくださるわけです。探求心だけではなく、実行力もありました。

それに、私のような小僧が言うのは失礼かもしれませんが、根本さんも矢作先生も人間味があって、本当に魅力的な方でした。

そんな根本さんから「お前の野球は難しい」と言われること自体が、同じ野球人として見てくれているんだと思えて光栄でありがたかったですし、とても嬉しいことでした。

監督としての最後のチャンス

私は監督になって以降、根本さんや矢作先生から多くの学びを得て、鈴木監督や桑野部長の教えも参考にしながら、選手の性格を把握すること、選手と心を通わせることを指導の中で意識していました。

たとえて言うならば、列車を線路に乗せるイメージでしょうか。選手たちを、まずはレールに乗せてあげないといけません。

その当時、日大三には野球の資質の高い子はいませんでした。むしろ野球の技術は未熟で、知識も不足している子のほうが多かったくらいです。そんな選手たちに野球を教えるのはもちろんですが、それ以前に人としてやるべきことを一から教えないといけませんでした。常に気にかけておかないと、変な方向に進んでしまうような選手もいたからです。

それでも、しっかり選手たちと向き合って指導を続けていると、次第に行動の変化が見てとれるようになってきました。

最初の頃、早朝練習のときに、私は町田市内の選手たちの家を車で回って、グラウンドまで連れて行っていました。練習が午前5時からですから、4時すぎには選手の自宅に向かいます。これをしばらく続けていると、寒い中、私を待たせてはいけないと思った選手が、外に立って待っているようになってきたのです。今度は私が選手を待たせたくないので、次の日はもっと早く行くと、その次の日には選手のほうがさらに早く外で待ってくれているのです。

練習に引っ張って連れて行かなければならないような選手の中にも、新芽が出ていることを見落としてはいけません。

指導者が選手を、そして選手が指導者を思いやる心が、チームを強くするためには必要なんだと感じました。こういうことが自然とできるような選手が多いときは、おのずと強いチームになっていきますし、監督年数を重ねるにしたがって、チーム力が少しずつ上がっていく手応えも感じるようになっていきました。

しかし、なかなか結果が伴わず、その間OBたちからの批判にさらされ続けて3年近くの月日が流れました。監督を3年間やって甲子園に出場できなければ、日大三では〝無能〟扱いですから、選手たちも私がクビになることをわかっていたと思いますし、自分でもこの夏が最後のチャンスだなと思っていました。

そんな状況ではありましたが、1979年夏のチームは、野球経験のない選手がエースナンバーを背負うような、それくらい資質が高くはない選手たちの集まりでした。しかしながら、監督である私と互いに理解し合えて、相手の気持ちや立場も考えることができるような選手は多かったのです。

私は、前年の秋季大会にはまだチーム力が間に合わないと踏んでいたので、早い段階から夏の大会にほぼ一本狙いの気持ちでいました。それに、私より以前に監督をされていた方々は、日大三を春の選抜には連れて行っているものの、夏は16年ほど甲子園から遠ざかっていました。

そういうふたつの理由から、私としては17年ぶりの夏出場を狙い、力があるとはいえないこのチームで、どういう青写真を描こうかと思案を巡らせていたのです。

しかし、春の大会は1回戦で栗山英樹投手（現・日本ハム監督）のいた創価に、2－9とコールド寸前の大差で敗れたため、夏の西東京大会ではノーシードからのスタートとなり、いよいよ私は崖っぷちの状況に追い込まれてしまったのです。

17年ぶりの夏の甲子園へ

1979年7月、開会式が神宮球場で行われ、その足で私たちは八王子市民球場に移って1回戦を戦い、日野を相手に7－0で勝利。続く2回戦も調布北に10－0と順当に勝ち上がりました。

そして迎えた3回戦の相手は、あの桜美林でした。

桜美林は、夏の甲子園で初出場初優勝を遂げた年から3季連続で甲子園に出場していて、この年も優勝候補の筆頭に挙げられていました。私が監督として日大三を率いて臨んだ初年度の秋季大会では、準々決勝で5－6で敗れ、翌年の夏の大会でも準々決勝で0－6で下されている、いわば因縁の相手でもありました。

そして結果は、初回の四番のタイムリーを守り切るスミ1の戦いで、1－0で桜美林を倒しました。私は、7回無死二塁のピンチで、選手を信じてサインプレーを使いました。バントシフトを敷いて、三塁で二塁走者を刺したのですが、ベンチと選手の呼吸も合っていました。

試合終了後に、以前からよく知っていた桜美林の当時の部長が、

「お前に負けた。あれ、サインプレーだったよな？」

と言いに来てくださいました。勝ったのは選手が頑張ったからですが、ライバル校の部長から「お前は何をしでかすか、わからない」と言ってもらえたのは、私にとっては最高

の褒め言葉でもありました。

1-0という僅差で強敵の桜美林に勝ったことで、選手たちは精神的に俄然強くなりました。続く4回戦、準々決勝、準決勝と勝ち上がり、ついに私たちは決勝の舞台に駒を進めることができたのです。選手たちが1試合1試合、大きくなっていくのを私は肌で感じていました。

しかし、決勝の相手は国学院久我山で、戦力差は歴然でした。前年の秋の大会では、準決勝で当たって2-11の6回コールドで完膚なきまでにやられて、国学院久我山はそのまま選抜にも出場しています。明らかに相手のほうが力は上でした。私は試合前に選手に言葉をかけました。

「お前たちの力では、いまから新しいことをやれと言われても無理なんだから『いままでやってきたことをやろう』という意味をもう一回理解してほしい」

これはどういうことかというと、実は大会前から、二番と六番のバッターには、徹底してバスターエンドランの練習しかやらせていませんでした。来る日も来る日も朝夕のフリーバッティングの練習中、バスターエンドランだけです。すると、タイミングとミートポイントを完璧に体で覚えてきて、二番と六番の二人がこの大会中に、打率6割の数字を残すまでに成長していたのです。

その二番と六番が決勝でも得点に絡む活躍を見せ、私たちは4－2で難敵を沈めて優勝することができたのです。

中村順司監督に救われた日

私は胴上げされながら、「バカヤロー!!」と叫んでいました。これは当時まだ若かったので申し訳ないのですが、選手たちに理解を示さず、私のことも批判し続けてきたOBたちに対して言っていました。

日大三のOBは、根本さんや鈴木監督のように器が大きく、懐の広い人ばかりではありません。私が日々の練習に新しいことを取り入れたり、試合で負けたりするたび、粗探しをするように説教が始まります。

この日は17年ぶりの夏の甲子園出場を決めたのですが、スタンドにいた20人ほどのOBは、誰一人として「おめでとう」とか「よくやったな」といった労いの言葉をかけてはくれませんでした。それどころか、優勝直後に私は全員のOBから、一人ずつ粗探しの説教を受けました。

さて、なんとか監督生活3年間の最後のチャンスで、念願だった甲子園への切符を手にすることができました。夏に出場するのは17年ぶりです。それまでの日大三は春のイメージが強かったので、夏の甲子園は私がずっと目標にしていたところでもありました。

しかし、私にとって監督として初の甲子園は、天理（奈良）に4－5で初戦負け。この3年間の中では少しだけ長めでしたが、それでも短い夏が終わりました。

甲子園大会が終わってからも、案の定ＯＢからの粗探しは続きました。私は一緒に甲子園に行ったコーチたちと、「何なんだろうな。俺たち刑務所に連れて行かれるような悪いことはしていないんだけどな」などと話していました。

その後2年間、残念ながら甲子園出場には手が届かなかったので、私は力不足で監督を退くこととなりました。

志半ばで学校を去る1981年3月末。急に思い立って、私は一人で甲子園球場に選抜を観に行きました。自分の考え方、野球観は間違っているのかいないのか、衝動的に甲子園で確かめたくなったのです。

その日のカードも調べずに甲子園に着いて球場に入ると、たまたま強豪のＰＬ学園が試合をしていました。スタンドで観戦していて「ここはタイムを取りたいな」という場面がやってきました。別にピンチでもなんでもないのですが、「一呼吸置いたほうがいいな」

と思えたのです。見る人によっては、なんでもない瞬間だったかもしれません。するとそのとき、ＰＬの中村順司監督がタイムを取ったのです。

中村監督といえば、監督就任からわずか半年のこの選抜で優勝を遂げると、翌年の選抜も連覇。甲子園通算優勝6回、準優勝2回。他にも数々の大記録を打ち立て、多くの名選手をプロの世界に導いた名将中の名将です。

「俺の野球観は、間違っていないんだ」

そう思えました。日大三では、とにかく「勝たなければならない」という重圧との戦いで、残念ながら5年間で監督生活は終わってしまいましたが、中村監督とタイムを取るタイミングが同じだったことに、私は救われたような気持ちになれたのです。

「技で人は動かず、
心が人を動かす」

第2章

拓大紅陵へ赴任　0からのスタート

私に笑顔をくれた兄の優しさ

日大三の監督を退任したあと、私はうつ病になりかけていたのですが、そこから救ってくれたのは長兄からのゴルフの誘いでした。OBたちからのバッシングで人間不信となり、人に会うことをどこか避けていた私に「ゴルフを教えてやる。野球ではもう敵わないけどな」と明るい声で誘ってくれたのです。

まず教わったのは、ゴルフは紳士のスポーツで「人の失敗を笑ってはいけない」ということでした。一緒に回っている人のミスショットを笑ったり、礼を失するような行動を取ったりしてはいけません。ゴルフをされる方にとっては当然の振る舞いですが、スポーツマンシップにおいて、この教えには大事なことが集約されているなと思いました。

まだ若かった私は力が有り余っていたので、短い距離を打つクラブでも、ボールが遠くへ飛んでしまい、力加減ができませんでした。しかし兄から技術的なことも教わりながら、ゴルフの楽しさを覚えていきました。明けても暮れても〝勝たなければならない野球〟に神経をすり減らしていた私は、新しい楽しみに出会えたような思いでした。

当時を振り返って兄が言うには、私が「ゴルフって楽しいね」と笑顔で言ったそうで、「もう大丈夫だよ」とその様子を母親に伝えていたようです。兄は本当に私の心の支えになってくれました。私は兄の生き様を見て育ってきたのですが、人の気持ちを考えることができて、人の悪口も絶対に言わない兄のような男になろうと思いを新たにしたものです。

話は前後しますが、実は日大三の監督を退いてからというもの、すぐに多くの高校から誘いを受けました。厚待遇で素晴らしい条件を提示してくる高校や名のある高校も含め、それこそ北から南まで毎日のように「うちの監督に」と連絡をいただきました。

しかし、監督を辞めてすぐの時点では、とてもそういう気持ちにはなれなかったので、知り合いのところで練習の手伝いをしていました。月・火・水は小倉全由君（現・日大三監督）が監督に就任していた東東京の関東一へ、金・土・日は日大の先輩である福島光敏さんが監督を務めていた山梨の日大明誠へ行っていました。

小倉君は私の六つ下の後輩で、私が日大三の監督時代にはコーチとしてチームを支えてくれて、17年ぶりの夏に出場したときにも一緒に甲子園のグラウンドに立ちました。

福島さんは、私が日大三の監督を辞めた際に最初に誘ってくれた人です。「手伝ってくれよ」と言われて、私は最初「嫌だ」と答えていました。そして「先輩後輩の付き合いなら嫌だ。兄弟として付き合ってくれるなら手伝う」と言ったところ、福島さんは「俺は弟がいないから、兄弟付き合いでいい」と言ってくれたので、手伝うようになったのです。

最初の面談で理事長に説教

そんな生活をしていたある日、一人の知り合いの方から連絡がきました。

「小枝君、日大三を退職した通知はもらったけど、次の赴任先が書かれていない。いま、どこで何をやってるの？」

そこで私は、いま知り合いの2校の練習を手伝っている旨を伝えたところ、その方がこう言うのです。

「私の教え子が学校をやってるんだけど、私の顔を立てて、一度会って話だけ聞いてみてくれないかな」

私は一瞬、日本語がわかりませんでした。

「学校をやってる？？？」

でも、すぐに〝学校を経営をしている〟ということだと理解し、「わかりました」と面談の場所として指定された木更津まで町田から車で向かうことになりました。その当時の千葉は、まだ道がきちんと整備されていなかったので、行けども行けども着きません。東京を西から東に横断して、さらにその先を南下して行くわけですから、木更津までは非常に遠く感じたものでした。

会うと、〝学校をやっている〞その方はこう切り出しました。

「小枝さん、私はね、甲子園に行きたいんだ」

私はすぐに「なんだ、野球は売名か」と思いました。そもそもこの面談は知り合いの顔立てをするために来ただけで、私は監督として学校に来る気などありませんでしたので、こう返しました。

「生意気を言います。理事長先生は、どうやったら甲子園に行けるとお思いですか?」

面談される立場の人間で、しかも30歳の誕生日を迎える直前の若造が、面談している立場の経営者に逆に問いただしたわけです。すると理事長は、

「いい指導者、いい環境、いい選手がいたら行けるだろう」

と答えてきたので、私はすかさず言いました。

「いや違います。甲子園というのは、太平洋を泳いで渡るようなものです。行こうと思わなかったら行けないし、行けなくてもいいやと思ったら決して行けません」

「でも、それでもまだ大事なふたつが欠けています。ひとつは、学校がみんな一丸となっ

て同じ方向に向かうということです。野球部だけでいいというわけではなく、他の先生方も生徒さんもひとつにならなければ駄目です。そしてふたつめは、家庭が学校のことを理解しているということです」

生意気にも私はそんなことをほざいたのですが、これが逆に理事長に気に入られる結果となりました。

「いままで何人かの面談をして、今日も君で3人目だけど、私に説教してきたのは君が初めてだ」

とのことで、翌日から一日5回くらい「来てくれ」「来てくれ」と電話がかかってくるようになりました。そしてこの方こそ、創立3年目の拓大紅陵の鎌田昌宏理事長で、のちに私は多くの金言や至言をいただくことになるのです。

一人の少年のために監督就任を決意

私にはその気がありませんでしたが、二度目の面談に向かうことになりました。そのときは家内の同席も求められていました。

面談の中で「小枝さん、名刺をくれないか?」と鎌田理事長に言われたのですが、私は日大三を退任するときにすべて破り捨てていたので、「ありません」と申し上げました。すると隣にいた家内が「これでよろしければ……」と言いながらスーッと、私の名刺を差し出したのです。家内は、何も言われなくてもそういう準備ができる人間でした。

これを見た理事長は「この夫婦なら間違いない」と、さらに私たちのことを気に入ったようでした。理事長は、以前地元の国会議員・浜田幸一さんの秘書をされていた方だったので、こういう気配りのできる家内と気が合った部分もあり、「これは最高だ」となったわけです。

実は私は、もしまた監督をやるなら、関東圏の私立大学の付属校で、環境の整った野球部で指導ができればいいなと考えていました。大学の付属校なら、進路に困っても付属の大学に進むことができるので、生徒たちの将来への心配がいくぶん緩和され、選択肢の幅も広がります。

拓大紅陵の名称からして拓殖大学の系列なのでしょうが、両者がどういった関係性なのか、あるいは他の大学の受け入れ先があるのかどうかなど、何もわかりませんでした。野球環境に目を向けても、まったくグラウンドの設備は整っておらず、ほぼ空き地のような状態でした。

それに、私の中には日大三で選手、コーチ、監督をやってきたプライドもありましたから、ゆくゆくは生まれ育った東京で監督をしたいという思いを漠然と抱いていたのです。

しかし、ある一人の選手の存在が、私を迷わせていました。

私の実家の近所に住んでいた左の投手が、私の指導を受けたいと日大三に進学することを決めていました。しかし、私は3月末に退任していて、4月にその彼が入学したときにはいないわけです。彼は日大三には少し通っただけで、登校拒否になっていました。

私は何度も彼に会い、「学校に行きなさい」と説得を続けました。そしてある日、「もう、お前に声をかけに来ることはない。腹をくくれ」と語気を強めて最終宣告をしたところ、彼は「どうして、先生は僕の気持ちをわかってくれないんですか」と泣き出したのです。

私の下で野球がやりたいから日大三を選んだのに、そこに私はいなかった。だから、早く次の赴任先を決めてほしいと言うわけです。子供ながらに、編入したら1年間はその学校の試合に出場できないことは理解していました。それでも、彼は私の下で野球をやりたいと言うのです。私が次の赴任先を決めるのが遅くなればなるほど、彼の高校野球生活は短くなってしまいます。

私は、オファーのあった高校をほとんど断ってしまい、残っているのは千葉の拓大紅陵だけだということや、その拓大紅陵はきちんと野球のできる環境が整っていないことなどを、正直に伝えました。

彼は下町の銭湯の御曹司でしたので、「お前みたいに贅沢三昧やってきた〝シティボーイ〟が、そんなところで野球ができるのか?」と聞くと「やります。だから先生、早くそこに行きましょう」と目を輝かせて言うのです。

それでも、彼の場合は木更津での生活は2年半ほどで終わりますが、監督を引き受けるとなれば、私にはその先が何年もあります。家族には3歳の娘もいましたし、住んだことのない土地に行くのには大変な労苦が伴います。ましてや、野球をする環境も整っていません。いずれまた、都内の高校で監督ができるだろうという甘えも、私の中にはありました。しかし、一人の少年の純粋な気持ちを踏みにじることはできません……。

私は彼に、

「つらいぞ。本当に覚悟を決めてできるのか?」

と聞くと「やります」と言うので、

「よし、勝負かけてみるか!」

と、自らの生活もかけて拓大紅陵に行くことに決めたのです。

30歳で拓大紅陵の監督に

　私は鎌田理事長に、

「お世話になります。その代わりひとつだけ条件があります」

と、彼の転入の許可を得て監督に就任しました。理事長は、私が金銭的な条件面の話を持ち出すのかと思っていたようで、なんだそんなことかと拍子抜けしていました。

　こうして1981年8月、私の家族と一緒に彼も引き連れて、木更津の借家での共同生活がスタートしたのです。

　彼の実家は銭湯だったので、両親の仕事は昼夜が逆転していて、食事はいつも店屋物でした。家族と一緒に過ごす時間は少なかったそうです。ですから、私の家で一緒に生活をしていても、もう自分中心で、人としての基本が身についていませんでした。

「一体、日大三で何を教わってきたんだ」

　と思いましたが、私のせいで何も教わっていないし、教わる前に日大三を出てしまったのだ……とぐっと飲み込みました。彼の日々の行動と向き合いながらの共同生活となったのですが、これがのちに、自宅で生徒と寝食をともにしながら教育するスタイルのきっかけにもなりました。

その後、よく生徒を家に泊まらせては、家内の手料理をお腹いっぱい食べさせながら、「野球が上手なだけではいけない」「普段の行いがプレーにも表れるんだぞ」といった話をするようになっていくのです。

さて、最も彼に教えたのは、普段の生活で必要な当たり前のことです。それは礼儀作法であったり、ユニフォームなどの衣類をしっかりと洗濯することであったり、きれいなものを身に着けて清潔感を出すことであったり、当たり前のことを当たり前にやることの大切さをずっと言い続けました。

彼は私からの教えや、家に泊まりに来た上級生たちの態度や指導を見て、聞いて、感じて、日々の生活態度や行動が少しずつ変わっていきました。

彼と同い年なのが、いま拓大紅陵の監督を務めている澤村史郎先生です。私が拓大紅陵で指揮を執っていたときの部長で、長く私の〝右腕〟として支えてくれた澤村先生も、実は私の指導を受けるために日大三に入学してきていました。あとから聞くと、澤村先生も私の退任を受け、彼と同じように拓大紅陵に来たかったらしいのですが、ご両親が許してくれなかったそうで、日大三で3年間野球を続けました。いまでも澤村先生からは「監督、僕の3年間を返してください」と冗談っぽく言われます。

その1学年下の坂巻展行先生（現・拓大紅陵部長）も、日大三に進学予定だったのですが、私を慕って拓大紅陵へ来てくれました。坂巻先生は、私が拓大紅陵に移って初めて甲子園（1984年、第56回選抜大会）に行ったときのメンバーです。多くの強豪校から誘いがあった中で、当時無名の拓大紅陵を選び、最終的には指導者となって私を支えてもくれたのです。

八代会が届けてくれた〝心〟

監督としての第二章が幕を明け、まず最初に手をつけたのはグラウンドの整備からでした。そのときのグラウンドは、山を切り拓いた残土の空き地で、昔あった木製の電柱を立ててそこにネットが張られただけの状態でした。

大小の石がごろごろ転がっていて、雑草も生え放題です。残土なので、もちろん地面はでこぼこだらけです。とてもグラウンドなどと呼べる代物ではありませんでした。

何十センチもあるでかい石っころや、背の高いイネ科の雑草だらけのところで、そういった障害物を飛び越えながら選手たちはボールを追いかけていました。私は初めてそれを見たとき、よくこんなところで野球ができるな……と思ったものです。

そこら中に落ちている無数の石を拾い、根の強い雑草を手で抜いたり、スコップで削って取り除いたりする日々が続きました。

大きな尖った石を入れると、ポリバケツだとすぐに割れてしまいます。そこで、私は浅草の問屋街でブリキのバケツをたくさん購入し、選手には、

「石は一人につきバケツ2杯、雑草の株は10株取るように」

と命じました。それが、選手たちのウエートトレーニングも兼ねることになるという目論見も私の中にはありました。

このとき嬉しかったのは、日大三のコーチ・監督時代に関わりのあった選手たちが、私が拓大紅陵に移ったと聞いて、トンボとスコップを買って持ってきてくれたことです。

日大三で教員になってから、八つの代の野球部員たちとコーチ・監督として関わってきたので、『八代会《やつしろかい》』というのを作ってくれて、ずっと私のことを支えてくれている有志たちがいます。そんな彼らが、「オヤジにお金を持って行っても喜ばないから」と整備用の道具を届けてくれたのです。

私からすると、届いたのは道具という名の〝心〟でした。

日大三を去ることになってしまったのに、それでも遠く離れた木更津まで彼らがわざわざ来てくれたことに、私は言葉にできないほどの喜びを感じました。

このとき来てくれた中に、定蛇正則《じょうじゃ》という男がいます。定蛇は八代会の初代メンバーで、日大三の監督時代からいまに至るまで、ずっと私のことを支え続けてくれています。定蛇は私の4個下で、弟のような存在です。私の一番弟子でもあり、右腕でもあり、一番の理解者でもある、そんな男なのです。

お前たちが主役

就任2日目に事件が起きました。下級生が全員、練習に来ないのです。私はまだ、厳しさなんて何ひとつ伝えていませんでした。それなのに2年生は来ていて、1年生だけがグラウンドにいません。このボイコットは、彼らが私のことを試しているんだなとすぐにわかりました。

前任の監督は、どちらかというと力で引っ張っていこうとするタイプでした。私の経験からすると、根性論ばかりを語り、野球指導に根拠がなければ、生徒たちは納得して付いてきません。2年生が「今度の監督はどうなんだろうか？」と考えて「練習に来るな」と1年生に指示を出し、私がどういう対応を取るのか試してみようとしたのでしょう。

私は内心「クソッ」と思いました。なんで、こんな屈辱的な思いをいきなりさせられなくてはならないのか、と。でも、気を取り直して、2年生の選手たちに対応しました。そして、ボイコットをさせられていた1年生の選手たちの自宅には「今度、監督になりました小枝といいます。○○君、今日は練習に出ていません。ご指導お願いできればと思います」と親御さんへの挨拶も兼ねて、一人ひとりに電話をかけました。

翌日、下級生も含めた選手全員が練習にやってきました。私が次にどういう態度に出るのかを見ているようでしたから、私もここは最初の〝勝負所〟だと思って言葉を考え、こう切り出しました。

「もう休みはいいのか？」

「選手がいないで野球がやれるのか？　生徒がいなくて学校が成り立つのか？　お前たちが主役なのに、なんで主役がいないいんだ？」

監督というのはあくまでも裏方で、主役をいい状態にして舞台に上げるのが仕事なのです。すると、上級生も下級生も泣き出す選手が出てきました。子供ながらに心を打たれたようですが、ある選手は「監督は僕らを信用してくれて、まともに扱ってくれるんですか?」「僕らを叩かないんですか?」と言ってきました。いままでどんな教育、指導を受けてきたのだろうと、かわいそうに思えてきました。

「なんだ? お前たちは叩けばやるのか? でも、それは違うと思う」

拓大紅陵に赴任後の最初のミーティングは、こんな形から始まりました。

部員たちにまず何をしてやるべきか?

私は、いかに劣等意識を取り除いてあげられるかだと思いました。選手と同じ目線に立ち、きちんと会話をする。そして、いまから行う練習の意図をしっかりと伝えて、お互いに考えを理解しようと心がけたのです。

必死になったら工夫が生まれる

冬の木更津は寒いため、練習前に「これを食べてから、練習やるか?」とチョコレートを配ったこともありました。選手たちは「いいんですか?」と驚いていました。

最寄りの駅から木更津に来るまで、電車は1時間に1本くらいしかないうえに乗り換えもあるわけですから、お腹が空いているに決まっています。

「だってお前たち、これから練習をするんだよ？　チョコレートにはエネルギー補給や保温効果があるんだから」

ということを説明すると、選手たちは喜んで練習に取り組むわけです。

私は、朝の練習にはチョコとバナナを常に置いておいて、いつでも好きなときに食べていいと伝えました。もちろん飲み物も用意しておき、自分の体なんだから無理のないように水分補給もしなさいという指示を出しました。

また、日大三のときのような恵まれた環境ではないため、トレーニングをしようにも器具がないし、グラウンドを見渡しても整備が終わりそうな気配はまったくなく、まだ荒れたままでした。

そのとき私は、選手たちが雑草を飛び越えながらボールを追っていた姿を思い出しました。そこで、「この子たちの脚力、ジャンプ力や平衡感覚はどうなんだろう」と、学校に出入りしている業者から背もたれつきの古い木製ベンチをもらって、ハードル代わりに飛び越えさせることにしました。

もし、足を引っかけて転んで怪我でもしたら大変なので、危なくないようにベンチの向きを考えてやらせました。すると、みんな簡単にできるので、今度はベンチの上で1回転して飛ばせてみたりもしました。それでもみな難なくこなします。これで彼らの身体能力は非常に高いことが把握できました。

また、当然ウエートの機材もないので、食堂に行って業務用のケチャップの空き缶をもらい、その中にセメントを詰めて折れたバットのグリップを差し込んで、ダンベル代わりにしたりもしました。

腕立て伏せをやらせるにしても、私なりの一工夫を加えていました。腕立て伏せのことを『プッシュアップ』と呼んで、掛け声も「ワン、ツー、スリー」と英語で言うのです。これだと生徒たちはキャッキャと喜んでやります。そこにリズムも加えると、なお張り切ってやっていました。

リズムといえば、他にもダンスエクササイズなんかも取り入れていました。この曲だと選手たちが喜んでやるだろうというCDを私自身が選び、CDデッキもスピード調節ができるものを探してきて、このメニューは早いリズムでやらせようとか、明確な意図を持ってトレーニングをやらせていました。いまでは、拓大紅陵のエクササイズメニューは50種類ぐらいあると思います。

こういったトレーニングを見た武道系の部の顧問から、「キザだ」と言われたこともありますが、そうではありません。

我々はできるだけ回数を多く選手にやらせたい、つまりは持久力や筋力の数値を上げたいという目的があります。その目的のためには、昔ながらの古いひとつのやり方ではなく、選手がやりやすい方法から入ってもいいわけです。

〝やらされる練習〟という言葉がありますが、選手が自発的に、気持ちよく取り組んでくれるほうがいいに決まっています。そういう引き出しを指導者がいくつも持っていて、その引き出しをどう使うかが重要なのです。

そういった話を武道部の顧問にしたのですが、その後も選手たちがあまりにも楽しそうに、ハードなトレーニングをこなしていくものですから、もう認めざるを得なくて、私の考えを理解してくれるようになりました。

野球をやる環境が整っていない中で、私はいろいろと知恵を絞って工夫を凝らしました。道具を作るところから始めれば、選手は楽しいでしょうし、意欲的にトレーニングにも取り組みます。道具はなくても、鍛える箇所やトレーニング方法はいままでに蓄積した知識でわかっていたので、あとは選手の頑張りを促すだけでした。

駒沢大学の元監督の太田誠先生からいただいた言葉に、

「小枝、一生懸命のときは不平不満が生まれるんだよ。でも、必死になったら工夫が生まれるぞ」

というものがあります。まさに太田先生の言葉の通りで、恵まれた環境ではなかったからこそ、私はいまできることを必死に考え、工夫し、私自身もさらに勉強しなければいけないと思えたのです。

あの監督、ノックを打てないんじゃないのか

グラウンドはまだ荒れ放題でしたし、まずは選手のことをじっくり観察しようと、赴任当初の私はノックを打ちませんでした。すると、だんだん疑問を持ちはじめた選手たちから「あの監督、日大三出身だというけど、ノックを打てないんじゃないのか」という声が聞こえはじめました。私は車のトランクにあったノックバットを、マネージャーに持ってこさせました。

生徒たちが固唾を飲んで見つめる中、私は1スイングも素振りをせずに、スパーンと一発で真上に打ち上げました。最も難しいとされるキャッチャーフライです。完璧に高く舞い上がった打球が、ぽとりと地面に落ちたあと、

「二度と俺の前でノックの話をしないように。以上！」

と言い放ち、選手たちを締めました。

私はノックに少し自信を持っていましたし、ノックに対する思いも人一倍強くありました。ですから、日大三の監督時代に私のノックバットを持ってくる生徒は、自分の指紋が付いてしまってはいけないと、上半身の衣類やタオルなどでバットをくるんで大事に運んでくるほどでした。

でも、拓大紅陵の生徒たちはそれを知りません。このときもバットを直につかんで、8月でしたから汗がびっしょり付いた状態で手渡してきました。日大三の頃なら「この、無礼者め！」となるところですが、何も知らないわけですから、そのときは「バットの芯やグリップはなるべく触らないでね」と優しく声をかけました。

ノックバットに関しては、こんなエピソードもありました。

「バット係いるか？　俺のノックバットにオイルを塗っといてくれ」

と頼んだところ、その生徒は亜麻仁油の塗り方を知りませんでした。亜麻仁油は絵画などで木製品の仕上げ用にも使うのですが、木製のバットに塗りすぎると締まって堅くなってしまいます。「この油なら、あまりつけなくていいからな」とこのときは教えたのですが、一度エンジンオイルを塗られて、バットがべちゃべちゃで真っ黒になっていたこともありました。「こんなの三高の教え子が見たら泣いちゃうよ～」と言いながら、オイルの塗り方を一から教えたものです。

拓大紅陵の生徒たちは、そのくらい何も知りませんでした。でも教えてもらっていないのですから、これは仕方のないことです。

自信のあるバットコントロールを練習に取り入れて、遊び心で選手たちをやる気にさせる工夫もしました。選手たちにグラウンド何十周のランニングを命じれば、普通は嫌がります。嫌々やる練習は選手が伸びません。ですから、

「俺が打席から左翼ポールを狙うから、3球以内に直撃したら30周で、当たらなかったら5周。どうだ、やるか?」

と持ちかけると、生徒たちは「やります!」と乗ってきます。それで実際にバットを振ると、1球目にポールを直撃するわけです。私は狙ったところに打てる自信があったので、何度繰り返しても結果は同じでした。彼らは、私が日大三時代にノックに定評があったことを知らないのです。そうやって、生徒たちをごまかしごまかしながら走らせていました。

彼らからしてみると、びっくりするようなノックの技術を私が持っているし、普段の練習で野球を教わっていく中でも、「監督は自分たちの知らないことばかり知っている」とわかりはじめると、文句を言う筋合いがなくなってくるわけです。

私は学校でも、グラウンドでも、家でも、彼らに対する態度は一緒でしたから、今度は彼らの態度も私に対して裏表がなくなってきます。学校内外でのトラブルはありませんで

したし、監督と選手の距離も縮まっていくのを感じていました。

悔しくて枕を噛みちぎった夜

当時の野球部の部室には『目指せ、天台！』と壁に落書きが書かれていました。私は知らなかったのですが、天台とは予選突破したあとに県大会が行われる千葉県営球場のことです。部員の目標は低く、「県大会に出る」というものでした。そして視線を下げれば、床には漫画が山積みされていました。

赴任した当初にそれを目にして、選手たちと接しているうちに、私は〝不潔感〟を覚えました。おそらく選手たちの意識の低さや取り組み方、その姿勢が、神聖な野球を冒瀆しているようで、不潔に感じたのだと思います。最初の頃は無性に悔しくて、虚しくて、私は何度も一人で涙を流したものです。悔しくて眠れず、布団の中で泣きながら枕を噛みちぎったこともありました。

2日目には選手たちがボイコットをしましたが、言いようのない悔しさや虚しさから、私自身が何度も逃げ出したくなったものです。でも、歴代の日大三監督の中で唯一、第7

代と第14代の2代にわたって指揮を執った、あの青木久雄先生ですら、二松学舎大付属高校（東東京）監督時代には甲子園出場まで14年もの歳月を費やしています。

「自分はまだたった数日しか経っていない。こんなところで音を上げていたら、いい笑い者になる」

そう思いとどまって、それから約1か月間選手たちと苦闘の日々を送りながら、なんとか秋の県大会の抽選日を迎えることとなりました。

県大会の抽選会を終えたマネージャーが、なぜか肩を落として学校に帰ってきました。聞くと、1回戦の相手が甲子園出場経験のある我孫子高校だというのです。私は東京から来たばかりで、申し訳ないのですが我孫子高校の存在を知りませんでした。千葉といえば、当時は習志野、銚子商、千葉商、東海大浦安くらいしか思い浮かばなかったのです。

しかし拓大紅陵の生徒たちからすると、我孫子はレベルの高い相手だったのでしょう。たしかに3年前の夏の甲子園には出ていますが、当時とはすっかり選手が入れ替わっているわけです。そこで、意気消沈しているナインに「秘策を授けるから、練習やろう」と気持ちを乗せて、試合に臨みました。

選手は我孫子に食らいつき、私の指示通りに動いてくれました。その結果、延長10回にサヨナラで勝利したのです。いままで毎回ブロック予選で1回戦負けのチームが、初戦を突破したのですから選手たちは喜んでいました。

私は、理事長にご褒美のお弁当を60個差し入れしてもらうようお願いして、「勝ったら面白いな」とみんなで笑いながら、喜びを分かち合いました。

これは少し後の話ですが、理事長にはこんなお願いをしたこともあります。

実は私は、現役時代は筋力が弱かったことに劣等感があり、ウエートトレーニングが嫌いでした。そういった劣等感を持っている選手でも、積極的にウエートに取り組むようにするためにはどうすればいいのかとずっと考えていたので、高価な機具を理事長に掛け合って学校で購入してもらったのです。

普通のウエートトレーニングでは、バーベルの両はじに重りをつけますが、私がお願いしたのはエアのマシンなので、重量設定をダイヤルひとつでできます。だからまわりのことを気にせずトレーニングができるわけです。

このとき理事長は、「監督、これを入れたら甲子園に行けるのかい」と聞いてきたので、私はこう答えました。

「行きやすくなります。バランスが取れた体に近づく方法のひとつです」

「それに、1年で1メートルずつ飛距離が伸びていきますから、外野のフェンスを高くするか、グラウンドを広くするかにしてもらえないですか?」

日頃、あまりお願いをしない男がここまで言うのですから、理事長は嬉しそうに私の頼み事を聞いてくれました。すると、ほどなくして選手たちの打球が本当にスカーンと消えていくようになりました。それからというもの、千葉で何度も優勝を重ねていくことになるのです。

劣等意識を取り除き県予選突破

さて、県大会のブロック予選初戦で勝利したあとも、戦力を見て分が悪い相手との試合では、「お前ら、また勝ちたいんだろ？　ならば、俺にだまされてくれ。言った通りにやってくれ」と試合前に作戦を伝えました。いままでのチームは、ただ打つだけの野球で戦略がなかったので、私は攻撃前の円陣でこんな指示を出しました。

「ランナー一塁のときはエンドランのサインを出す。バッターはクリーンヒットはいらない。できればフラフラッと内野と外野の間に上がる打球を打てれば最高だ。そのとき一塁ランナーは迷わず三塁に行ってくれ。バッターランナーは間に合わなくてもいいから、迷わず二塁へ行ってくれ。相手の守備は、バッターランナーを刺すために二塁に投げてくる。

そうしたら次は三塁コーチャーの出番。ボールが二塁に送球された瞬間、一塁ランナーにホームを狙わせてくれ。絶対に止めないでくれ」

するど、なんと見事その通りに得点できたのです。私は、相手より早く1点を取るんだという意識を選手に植えつけ、気持ちを乗せました。そして指示通りの結果になって勝てば、チームに勢いが出ます。「お前たち、すごいね」と選手たちを少し大げさに持ち上げ、「お前たち、弱くないぞ」と劣等意識を取り除いていきました。

こうして、いつも1回戦負けのチームがブロック予選を突破し、県大会でも少しずつ勝てるような動きをしはじめたのです。

でも、歯が立たない相手には秘策は通用しません。次の相手は東海大浦安でした。圧倒的な力量差があったため、選手にこう伝えました。

「お前たちは、いままでよく頑張った。もう秋の大会はベスト16で十分だ。1時間だけ我慢しよう」

その予想通り、試合は5回コールドで敗戦。たった1時間で終わりました。「でも、来シーズンは違うぞ。この負けを生かそう」と、私は締めくくりました。選手たちにも涙はありません。負けから何を学び、どう強くなっていくかが大事なのです。

こうして、私は監督就任から1か月ほどで、県予選を突破してベスト16という一定の成果をあげることとなりました。

吹奏楽部にいた同志

部員たちの劣等意識を変えるというのが当初の私のテーマでしたが、そう感じていたのは野球部に対してだけではありませんでした。

私が赴任した頃の拓大紅陵には、日大三を辞めて私と一緒に移ってきた生徒のように、他の部活動や他のクラスにも、理由があって編入してきたり、負い目を感じたりしている生徒がいました。

私は、生徒も先生も全員が誇りを持てて、活気のある学校にすることを目標に掲げていたので、私たちが甲子園に出場することができれば、野球応援という形で、みんなが同じ方向を向いてひとつになれると思っていました。

そこで、吹奏楽部顧問の吹田正人先生に、

「自分たちの高校にしかない音楽、グラウンドもスタンドも一体になれる曲、それに学校の全員が誇りを持てるような応援曲を作れないだろうか?」

とお願いしてみました。すると、吹田先生は私の言葉を意気に感じてくれたようで、「胸を張れる曲を作ります。頑張ります」とふたつ返事で答えてくれました。吹田先生もまた、私と同じような志を持っていたのです。

吹田先生は、千葉県内の中学校で野球をやっていましたが、在学中に体を壊してしまい、野球を断念せざるを得ませんでした。それでも野球への思いは捨てきれず、野球部に少しでも近いところにいたいという思いで、スタンド応援のできる吹奏楽に目覚めたとのことでした。

そして、いまでは野球応援の定番となった拓大紅陵のオリジナル曲『チャンス紅陵』や『燃えろ紅陵』などを作曲してくれました。吹田先生のセンスは素晴らしく、風呂上がりにパパッとひらめいて、あっという間に作るというから驚きです。私が「もっと作ってほしい」とお願いすると、喜んで引き受けてくれてどんどん曲が増えていきます。いまでも1年に1曲は新曲が作られているので、「あれ？　この曲知らないな」と吹田先生に聞くこともあったほどです。

また、吹田先生は、その選手にふさわしい個人のテーマソングも作ってくれました。選手それぞれに合った曲を作るためには、普段から野球部員のことを近くでよく見ていなければいけません。

ですから、ときには、監督である私には言えないような選手の悩みや愚痴を聞いてくれることもありました。そして、選手のほうから私に伝えてほしい話だけは、必要に応じて教えてくれたりもしました。普段のグラウンドでは知ることのできない選手の様子を、吹田先生からの情報で把握したということが何度もあったものです。

オリジナル曲で生徒にプライドを

約100人の吹奏楽部員たちは、夏の大会の1回戦から応援に来てくれます。ある程度勝ち進まないと吹奏楽部が球場に来ない学校もありますが、拓大紅陵の場合は吹田先生が絶対に譲らず、どんなときでも1回戦から来てくれました。

100人の部員がいれば、100人分の楽器を運ばなくてはいけません。ですから、レンタカーやトラックを借りて楽器を運搬し、学校の大型バス2台半に吹奏楽部員が乗り、残り半分にチアのダンス部員が乗ります。野球部もバス3台くらいに分かれて乗車するので、1試合で大型バスを6台くらい使います。

夏の大会は、そのくらい学校がひとつになって行う一大イベントになっていきました。

心強い応援に報いるためにも、私たちはひとつでも多く勝って、吹奏楽部員たちの演奏する機会を増やしたい。そうすれば、オリジナル曲が多くの人の耳に届き、「これが俺たち、私たちなんだ」という生徒たちの自信にもつながっていきます。

吹奏楽部がこれだけ自分たちのために頑張ってくれているのだから、私たち野球部はもっと頑張らないといけないと、30年以上、切磋琢磨することができました。赴任当初に私が描いていた、生徒が前を向いて学校全体がひとつになる目標は、吹田先生のおかげで成し遂げられたのです。

これは余談になりますが、拓大紅陵のオリジナル応援曲はひとつのムーブメントとなり、CD化や演奏会が各地で行われるようになりました。いまも、渋谷のNHKホールや千葉の幕張メッセなどで、拓大紅陵をはじめ全国の野球強豪校の吹奏楽部が集まった演奏会が開かれています。

私たち夫婦は、演奏会が開催されるたびに招待していただき、楽しく鑑賞しています。イベントには日大三や習志野、浦和学院なども参加し、どの学校もオリジナル曲を持っていますが、すべてがオリジナル曲なのは拓大紅陵だけです。選手たちを鼓舞するオリジナル曲は、「自分たちの学校なんだ」というプライドを持たせてくれます。

選手の気持ちやプレーにも曲が乗り移りますし、私も監督時代には攻撃時のベンチで音楽に合わせてリズムを取ったりしたものです。本当に、心強い思いをさせていただき、吹田先生と吹奏楽部のみなさんには、この場をお借りして御礼を申し上げたいと思います。

技で人は動かず、心が人を動かす

私の野球の〝底〟に流れているものは、心の触れ合いです。

赴任当初のグラウンドには防球ネットが足りていなかったので、ゴルフ場の知り合いに頼んで、張り替えのときに出た不要なネットをもらってきて、選手と一緒に野球用のネットに作り替えたものです。外野の土を素手で運んで、ブルペンを作ったこともありました。監督の私も一緒にやっているので、選手たちが手を抜くことはできませんし、自然とそこには会話が生まれ、心と心も触れ合うようになっていきます。

私は、グラウンド環境がある程度整いはじめてからも初心を大切にして、みんなでやった草むしりや石拾いのことを決して忘れてはいけないと、ずっとそれを継続して行っていました。

もし仮に、力で選手たちを押さえつけようとしていたなら、選手たちは私の言うことを聞かなかったでしょう。たとえノックの技術がうまく野球の知識があっても、口だけで普段の行動がいい加減だったら、私のことを一人の人間として信頼することはなく、選手との間に一体感も生まれなかったと思います。

勝負事では、ベンチとナインの一体感が大切です。

試合中にベンチで、

「向こうの監督を見てみな。ああいう動きをするときというのは困っているときだから、お前らは優位に立っている。不安なく思い切ってやっちゃえ」

などと伝えることもありました。

私は、やるからには千葉の頂点を獲るという気持ちでいましたので、私なりの方法で相手チームの研究をしていました。選手個々の能力差があっても、相手の監督の性格を知ることで、切り崩すことはできるからです。

当時から強かった東海大浦安、習志野、銚子商などの監督さんたちの特徴や性格、采配の傾向は、かなり綿密に調べました。選手は2、3年で入れ替わっても監督はそう簡単には替わりません。ですから、あるクセが出たときには、それをベンチで選手たちに伝えていたのです。これも精神的に優位に立たせるためのひとつの戦略でした。相手の動揺が見えたときに打つ一手を、素早く弾き出すのです。

このように、チームの一体感というのは、非常に大切なものです。

こういった経験を積み重ねていくうちに、のちの「技で人は動かず、心が人を動かす」という言葉にもつながっていくのです。

そして心と体が一体になっていけば、不思議なことにボールを使った練習をやらなくても下手にはなりません。

その理由はいまだにわかりませんが、たとえばテスト期間など学校の行事で練習を休んでいても、勝敗は別にして休み明けの試合でいいゲームができます。試合直前にやった練習は、キャッチボールとトスバッティング程度だというのにです。

ですから、毎日汗水流して長時間練習することだけが、目に見えて上手になるというものでもないことに気がつきました。体を少ししか動かしていないのにできるということは、やはり選手の心をどう動かすかが大事なことなのだと実感したのです。

第3章

新たなる再出発　2年2か月で秋優勝して選抜出場

「大敵といえども恐れず、小敵といえども侮らず」

小枝、ただいま帰って参りました！

甲子園に行くために学校や家族がひとつになりはじめた就任3年目。84年の春に、拓大紅陵へ移って初めての甲子園切符をつかみました。

秋の県大会では、検見川、八千代松陰、習志野という県下の強豪を破って初優勝。監督就任から2年2か月のことでした。

選抜の切符をかけた大事な関東大会では、準々決勝で名門・法政二と激突しました。4回裏に幸先よく3点を先取し、8回終了時点で5－2。9回表を抑えれば、選抜出場のランプが灯ります。しかし、法政二に4点を取られて5－6と逆転されてしまいました。最終回、もうあとのない状況に追い詰められていましたが、選手たちが粘りを見せてくれました。小川博文（元・横浜）がサヨナラタイムリーを決めて7－6で勝利。これでベスト4となって、選抜出場がほぼ確定となったのです。

この代は、四国遠征でしっかり鍛えられ、

「大敵といえども恐れず、小敵といえども侮らず」

という私の言葉をしっかり実践してくれました。四番にも送りバントをさせるなど、少ないチャンスを粘り強くものにする野球で、無敵だった法政二を関東大会で破るまでのチームになってくれたのです。

鎌田理事長をはじめ、吹田先生や吹奏楽部員、他の先生方や親御さん、外部からご支援いただいた方々、それに私に付いてきてくれた野球部員たち……多くのみなさまに支えられて、甲子園に行くことが可能となりました。

人にいただいた力というのは〝感謝〟という言葉で表現されますが、一度受けた恩は、尽くして、尽くして、尽くし抜くことで返しなさい、と私は教わってきました。いまもそれをずっと続けていますし、教え子たちにも伝え続けています。教員になった次女にも、

「いまのお前があるのは、ここに来るまでにどれだけの方々のお世話をいただいたんだ？そのおかげでいまのお前があると思わないと落とし穴にあうぞ。お前が教員を辞めるまで、そのことを忘れないように。それは、お前の子供にまで伝えなさい」

と、教授しました。

私は、そういう感謝の思いを持てる選手たちが集まったチームこそが、甲子園に行くべきだと思っています。

甲子園という聖地は、お客さんがたくさん入るからいいところというわけではありませ

ん。全国の球児たちみんなが一生懸命に汗と涙を流して、それでも各地区でたった1校しか出場を勝ち取ることができないのです。

頑張ったけど甲子園には出られなかった人も含めて、そういうみんなの代表なんだという気持ちで甲子園に来るから、阪神園芸さんも一生懸命にグラウンド整備をしてくれるのです。阪神園芸さんが朝早くから夜遅くまで整備をして、あれほど素晴らしいグラウンドを作ってくれるのは、本当にありがたいことですし、感謝の言葉しかありません。

拓大紅陵での初めての甲子園を控えた2月。チームが泊まる旅館との打ち合わせをするため大阪に行ったのですが、私はある思いから無性に甲子園に立ち寄りたくなりました。甲子園球場に着くと改修工事をしていましたが、関係者に無理を言って中に入れさせてもらいました。

ベンチ前に立って、周囲を見渡し、大きく息を吸い、誰もいないグラウンドに向かって、

「小枝、ただいま帰って参りました！」

と叫びました。工事の音が響いていたため、誰も聞こえてはいません。私は、この大舞台に戻って来られた喜びと同時に、甲子園に感謝の言葉を伝えたかったのです。

甘言は人を腐らす

私は情に弱く涙もろい人間です。国際試合や国内の開会式での国旗掲揚や、国歌を歌っただけでも胸に迫るものがあり、ベソをかいてしまうほどです。要は、それだけその日までやってきたという思いが強いのです。

5年ぶりに帰ってきた甲子園の空気は格別でした。もちろん、甲子園に来て満足していたわけではありません。「全国制覇は夢か？」と問われれば、夢ではないですし、負けようと思って甲子園に行く人はいません。いつでも優勝を目指していました。そう思わなければ、甲子園の重圧には勝てません。

そして迎えた1回戦の相手は奈良の強豪・智辯学園でしたが、小川が3ランホームランを放つなど3安打4打点の活躍を見せて、9－3で勝利しました。2回戦は関東大会で下した法政二を、10－2で破って準々決勝に進出。

そして迎えた準々決勝の相手は、KKコンビを擁するPL学園。優勝候補筆頭を相手に選手たちはよく戦ってくれましたが、桑田眞澄投手（元・巨人）に完封されて0－6。拓大紅陵初めての甲子園は、ベスト8という結果に終わりました。

桑田投手は抜群のコントロールで、清原和博選手（元・巨人）は打席で圧倒的な迫力がありました。また、日大三を辞めたばかりの私をある意味救ってくださった中村順司監督は、冷静に拓大紅陵のチーム力を分析していたようでした。

初めて甲子園に出場して、さらにベスト8まで進むことができたのですから、鎌田理事長をはじめ、まわりのみなさんはとても喜んでくださいました。私も「よくやった」と多くの方から声をかけていただき、それは非常にありがたいことでした。

しかし、私は選手たちを集めて、以前に鎌田理事長からいただいたこんな言葉を紹介しました。

「甘言《かんげん》は人を腐らす」

要は、錆《さび》は鉄を腐らすけれども、甘い言葉は人を腐らすものだという意味です。周囲は「よくやった」と私や選手たちを褒めて、労ってくれます。そういう優しい言葉、甘い言葉はありがたいものではあるのですが、人を駄目にすることもあるんだよということを選手に伝えたのです。

「戒めとして忘れちゃいけないぞ。これからもう一締めするけれども、やっぱり高校野球生活をいい形で終われるように。いい形というのは勝ちもあるだろうけど、みんなのプラスになるような形で高校野球を終わらせようよ」

そんな言葉を添えて、私は夏に向けてチームを引き締め、もう一度選手たちの気持ちを高めていきました。この理事長の言葉のおかげで、数か月後に春夏連続の甲子園出場を果たすことになるのですから、やはり言葉の持つ力というのは非常に大きなものなのです。

苦労は背負わず、前に置いて乗り越えていけ

鎌田理事長からは、他にも多くのありがたいお言葉をいただいたのですが、その中のひとつにこういうものがあります。

「苦労は背負わず、前に置いて乗り越えていけ」

この言葉は、どのような人にも当てはまるのではないかと思います。苦労というのは、背負ってしまっては重いだけですから、ひょいと飛び越えていくことで自分自身の成長にもつながっていくのです。

私はこの言葉に、さらに自分流のエッセンスを加えて、野球部の卒業生に「苦労は人生の友だち、苦学は人生の花」と色紙に書いて贈ったこともあります。人は誰しも、人生の

壁にぶつかります。しかし、その壁を乗り越えてこそ、人の真価は問われるのですから、苦労を楽しむくらいの気持ちで壁を乗り越えてほしいという願いを込めたのです。

　私が拓大紅陵の監督としてスタートを切ったときも、まさに〝苦労の連続〟でした。赴任当初の荒れ放題のグラウンド整備から始まり、私自身が虚しくて悔しくて逃げ出したいと思うほどの状況だったわけです。

　それから2年半後、結果的には甲子園出場という目標を達成することができましたが、木更津に戻ってからも私のやることは以前と変わりませんでした。朝の草刈りも、選手たちと一緒にずっと続けていました。

　よく覚えているのが、長女が小学1年生のときの作文に「お父さんは毎日グラウンドに行って、草刈りをしています」と書いていたことです。そして、その2年後の小学3年生のときには、「お父さんは毎日グラウンドに行って、草刈りをしています。それは、お兄ちゃんたちがクローバーの葉っぱに足を取られて倒れ、怪我をしないためです」と作文の内容が変化していました。

　家内がグラウンドに娘を連れてきたときに、そう言い聞かせていたのでしょう。あるいは、私も家に帰って娘に聞かれて、そんなふうに説明したのかもしれません。2年の月日で、子供というのは物の見方がどんどん変わっていくものなんだなと感心しました。

これは指導にも生かすことができます。監督は、選手を同じ角度から見ているだけではなく、選手の変化を見落としてはいけないのはもちろんですが、選手の考え方の変化が、ときには自分の意図とずれる場合もあります。

すると、経験のない指導者はそれを否定したり、「俺に逆らうのか？」と選手を服従させたりしてしまいます。ところが、経験豊富な指導者だと「だいぶ、自分の頭で考えられるようになってきたな」というふうに、選手の成長と捉えることができるのです。

朝5時からの草刈りとグラウンドの確認

草刈りとグラウンドの確認は、学校のトイレ掃除を積極的に行っていたのと同じで、拓大紅陵に赴任してからほぼ33年間、毎日とは言いませんが続けてきました。

私がなぜ、草刈りやグラウンドの確認をこうまでして続けていたのかについては、いくつかの理由があります。

ひとつめは、ゴミが落ちていたり、雑草が生えていたり、忘れ物があったりという身近な細かいことに気がつかないようでは、野球での細かいことにも気づけないし、結果的には〝勝ち〟から遠ざかるということです。

私の言う〝勝ち〟とは〝優勝〟という意味ですが、優勝から遠ざかっているときの選手は、微に入り細に入りという感覚がなくなっているものです。グラウンドの中に雑草が生えていたり、それに気がつかなくなったりしているようなチームというのは、不思議なくらいに勝てません。

「こういうことをやっていたら勝てないんだよ」

「こういうことをやっていたら、結果的に勝ち味が薄れちゃうんだよ」

という感覚が研ぎ澄まされてこないのです。

だから〝勝ち〟、つまり優勝のチャンスが巡ってきたときに逃げていくことになります。逆に、いつチャンスが巡ってきてもいいですよというきちんとした状態で待てていれば、チャンスが来たときに食いつけるわけです。

ふたつめは、草刈りやトイレ掃除などの人が嫌がるようなことを選手にはやらせて、自分は監督だからしないのかということです。どの監督も「平らな道よりも、でこぼこの道を選べ」と生徒には教えます。しかし、自身の生き方が楽なほう、楽なほうを選んでいたら、言ってることとやってることが違います。

監督晩年の頃には、毎朝5時にはグラウンドに行き、草刈りをしていました。私だって、朝5時からの草刈りを毎日続けるのは正直言って嫌でした。嫌だけれども、自分も選手と同じ道を歩まないと分かち合えないと強く思っていました。

嫌なことだとかつらいことだとかいうのは、いくら指導者がきれいごとを言って、格好のいい言葉を並べてごまかしても、自分自身がその場にいなければ何にもなりません。

そういう理由から、私は草刈りを積極的に行い、選手たちに背中を見せてきた、ただそれだけのことなのです。

嫌なほう、つらいほう、厳しいほうを選ぶ

私は1984年の選抜初出場から1992年までの9年間で、春夏合計6度甲子園に行くことになるのですが、夏出場は92年から2002年まで10年間も遠ざかることとなりました。02年以降の夏も05、06、09年は決勝で敗退。選抜出場も92年以降は96年、04年の2回にとどまりました。

ある理由があって、〝勝ち〟から遠ざかることになったのですが、朝5時からの草刈りを始めたのはこの頃のことです。

外野で草刈りをしていると、それから30分後くらいに生徒たちが自主練にやってきます。草刈りをしている私の姿を見て「ヤバい」と感じたのでしょう。翌日は４人が私の草刈りに付き合うようになりました。そしてその翌日は８人、次は16人、さらに次は32人と面白いくらいに倍々に増えていき、私と一緒に草刈りを行うようになっていきました。

私からは「お前たちも明日から草刈りを手伝うように」などと一言も指示を出していないのに、それから毎日一緒に草刈りを行うようになったのです。

当時の主将は、私のすぐそばに来て草むしりをしながら、私の独り言に耳を傾けて、一言一言を聞き漏らすまいとしていました。私はチームの現状や問題点、いま思っていることなどを、わざと聞こえるくらいの大きめな〝独り言〟として日々口にしていたのです。

そうやって草刈りを毎日続けていたある日、早朝から雨でした。

「今日はさすがの監督さんもいないだろう」

と選手たちは思っていたはずです。しかし、私はその日も傘を差しながら草刈りをしていました。雨で暗くておまけに傘も差していたので、学校にやってきた選手たちは私の姿に気づかなかったのでしょう。そのうち、私から指名を受けた選手たちが室内で〝カーン〟〝カーン〟と打っている打球音が聞こえてきました。

しばらくして、練習を終えて出てきた選手たちに「おい○○、今日は打球と打球の間隔が長かったぞ」「それから打球音も低かったぞ」などと伝えました。選手たちは私がいないと思って気が緩み、手も抜いているわけです。だから、1球1球を打つ間隔が長くなっていて、振りも弱いためにいつもの高い〝カキーン〟という音になっていなかったのです。彼らは「監督さん、雨なのに今日もいたのか」と驚いていました。

雨が降ったくらい大したことではありませんが、このように、私は嫌なほう、つらいほう、厳しいほうを選んでいままで生きてきました。それは、ある意味自分自身との勝負という側面もありました。

県大会なんかで勝ち進んでいくと、難しい局面や、勝ち負けどっちに転んでもおかしくないという場面も出てきます。そういうときのためにも、少しでも徳を積んでおこうという思いもありました。

厳しい道を選んで、それを続けていると、結果的には〝徳を積む〟ことになり、野球の試合の苦しい場面で、信じられないような力を発揮することにつながることもあるのです。

きつい？　よっし、じゃあ俺の出番だ

　そんな苦しい場面は、選抜に初出場して、春夏連続出場がかかった1984年の夏の千葉大会でもやってきました。準々決勝の柏井戦のことです。9回までに2－5と3点差をつけられ、私たちは土壇場に追い詰められていました。

　最終回の攻撃に入る前に、選手たちに「どうだ？」と聞いたら「いや、ちょっときついです」と返ってきたのです。そこで、私は啖呵《たんか》を切りました。

「きつい？　よっし、じゃあ俺の出番だ」

　私はただちに代打を送り、バッターボックスに入った選手を見ながら、ベンチで選手たちに言いました。

「いいか、言っとくぞ。こいつが塁に出なかったら今日は諦めろ。でも、こいつが出たらわかんねえぞ」

　すると、その代打がカーンとレフト前にヒットを打ちました。

「ほらほらほら。はい、ピンチランナー行くぞ。それと次もピンチヒッター。3点差だか

ら送りバントはなし」

と言って代走を出し、次の打者にも代打を送りました。そのピンチヒッターは、エンドランを9割8分の高い確率で決められる選手でした。要は転がすのがうまいわけです。「早いカウントで出すぞ」と伝えて、しっかり決めてくれて一、三塁。すかさずスチールして二、三塁。動揺した相手キャッチャーが悪送球して1点。タイムリーでまた1点。

「ほら、あと1点だ」

そこで回ってきたのが中心選手の小川で、きっちり同点打を決めてくれるわけです。これで試合は5－5の振り出しに戻り、延長戦へもつれ込むことになりました。

ここまでは筋書き通りに事が運んでくれましたが、先の展開を読んでこう言いました。

「野球って怖いよな。でも、10回では決まんないぞ。勝負は11回。10回は点を取れないから、相手にもやるな」

打順の巡り合わせを見て、2イニング先を読んで指示を出したのです。すると延長11回表に4点を取り、その裏に2点を返されましたが、私はバッテリーを信じるだけでした。結局そのまま9－7で勝利し、私は「ほら、お前ら、すごいじゃん」と、選手たちの粘りを讃えました。また、選手たちの力を信じて、迷いなく決断して采配を振っていたことが、好結果につながっていた部分はあるかもしれません。

そしてこの勢いのまま、準決勝はバッテリーの活躍で市船橋を1－0で下し、決勝ではこれまでのロースコアの接戦が嘘のように、東海大浦安を9－5で打ち破り、春夏連続の甲子園出場を決めることができました。

しかし、甲子園では鹿児島商工に0－5で完封され、初戦敗退となりました。このとき私は、春から夏までの期間は選手の考え方も成長する時期で、監督が選手を押さえつけるのは良くない、最後の集大成は自分たちの手でつかませなくてはいけないんだということを学びました。

そうして、私たちはまた一からスタートを切ることになったのです。

〝旗〟なんか獲れるわけないだろ

春夏連続出場の立役者でもある小川や、加藤貴之（現・日本ハム）ら拓大紅陵のOBからは、毎シーズン終わったあとに連絡がきます。今後のことを話したり、加藤のような若くてまだまだこれからの現役選手には、いまだに説教をしたりもします。小川はDeNAで打撃コーチをしていましたから、同じ指導者としての助言を伝えることもあります。

いまの時代は、プロに進んだ教え子に対して、やけに丁寧に扱ったり、優しく接したりするようなケースも多く見受けられます。しかし、気になることや間違っていることはきちんと指摘するなど、ときが経っても変わらずに話ができるのが、〝師弟関係〟ではないかと思います。

中には、プロ候補の〝金の卵〟の高校生に対して、監督自らがバリアを作って「触るな」とコーチたちに指示を出すような場合も多いようです。しかし高校野球において、監督が選手に何も指導しないのは、指導者と教え子の関係ではないと思います。

さて、そんなプロに進んだOBたちのおかげもあり、私たち拓大紅陵は練習試合で全国の強豪と戦うことができるようになっていきました。

この頃、〝やまびこ打線〟の異名をとり、全国トップクラスの強豪だった池田高（徳島）とも1986年秋に対戦する機会に恵まれました。名将・蔦文也監督が率いる池田は、この年の選抜で春夏通算3回目の優勝を遂げていたほどのチームだったので、この練習試合は非常に学ぶことが多く、私にとって貴重な経験となりました。

試合結果は、5本のホームランを浴びて完敗でした。とにかく打球の飛距離が違いました。最後のほうは「よく飛ぶなー」と感心して見とれてしまったくらいです。ショートフライかと思うような打ち上がった打球が柵越えをしてしまうのですから、スイングの力強さは並大抵ではありませんでした。

選手たちのハートの強さも拓大紅陵とは違いました。うちの攻撃で選手が二塁に進んだとき、池田の内野手に「暑いな」と声をかけると、

「バカ抜かせ！　これくらいの暑さでグズグズ言ってたら、〝旗〟なんか獲れるわけないだろ！」

と返ってきたそうです。〝旗〟というのは、甲子園の優勝旗のことです。

私たちは、甲子園に出るためにどうやって県を制するかを考えているレベルでしたが、彼らは三段階も四段階も上の目標を持っていて、意識レベルがまったく違いました。

この対戦をきっかけに、目標の設定というものがいかに大事かということを痛感しました。また、池田のような強い打球を打つためには、どうすればいいのかを考えるようにもなりました。逆に投手は、最後のリリースのときに指先に込める力がないと、簡単にホームランを打たれてしまうことを肌で感じたので、いままで以上に「ボールを離す瞬間まで神経を使って投げろ」という指導をするようになりました。

甲子園で優勝するようなチームの強打や、選手たちの気構えに触れて、私は多くの学びを得たのです。

勝負は一瞬の行、鍛錬は千日の行

蔦先生の言葉で、

「勝負は一瞬の行、鍛錬は千日の行」

というものがあります。勝敗は一瞬で決しますが、勝利するためには、様々な準備や練習を長い間やり続けなくてはいけません。

私たちは蔦先生のこの言葉の通り、何もないところから、来る日も来る日も基本の反復練習を繰り返しました。そして、少しずつ全国レベルの強豪校と渡り合えるような実力をつけていき、池田との練習試合から6年後の1992年夏に、甲子園準優勝という結果へとつながったのです。

準優勝する1年前の夏、拓大紅陵は県大会の準決勝で銚子商業に3－4で負けました。そのときは小沢一也という投手が県大会をほとんど一人で投げ抜き、最後はホームランを打たれて終わりました。

力のある投手でしたので、連投による肩、肘の疲労が影響したのだと私は考えました。

今後の小沢の野球人生に影響があってはならないと心配だったので、私は翌日彼を治療院へ連れて行ったのです。そして、診断の結果は異常なしでした。

体は大丈夫だとわかったとき、安心するのと同時に、

「あぁ……心的疲労というものは、抜けないんだな」

と改めて感じました。夏を戦い抜くためには、やはり投手が一人ではいけないということを再認識したのです。

これまでも2、3人の投手をベンチに入れていましたが、この年は一人に任せざるを得ない状況でした。大事な試合で投げることができる投手を、複数作ることは監督の力量が問われます。

私は根本さんにも教わった通り、選手の特徴や体の使い方をよく知るということを重視して、投手の育成・指導を行ってきました。しかし、この年は一人の投手しか作れず、県大会の準決勝敗退という結果に終わってしまいました。

そこで、翌年の新チームでは、投手を何人か育てることを念頭にチーム作りをしたのです。その結果、私が思っていた以上の4人の複数投手制が完成し、甲子園への切符をつかむことができました。

しかも甲子園では、登板した富樫富夫、多田昌弘（元・広島）、紺野恵治、杉本忠の4

投手が、全員勝利投手になるという珍しいケースも生まれました。これは、長い甲子園の歴史の中でも史上初の快挙だったそうです。

サイドスローへの転向が功を奏す

しかしながら、このチームに大黒柱、主戦投手になれるような存在がいなかったことは否定できません。〝エース格〟だった右腕・富樫富夫から、夏の千葉大会に向けた6月17日の練習試合が始まる直前に突然の申し出を受けました。

「横から投げたいんですけど、いいですか？」

富樫はそれまで上手投げでした。元々地肩は強いのですが、ストレートでストライクが取れなかったため、制球を良くするにはどうすればいいのかと考えた末、決意したようです。それにしても、このタイミングで言ってくるのか……と驚きました。しかし、「好きなようにやれよ」と言ったら、たった1時間半で試合を終わらせてしまうテンポの良い投球を見せ、見事な完封劇を演じました。

私が高校球児のときは怪我に苦しんだので、教え子が故障で高校野球生活を終えてしまうというのがすごく嫌でした。ですから、登板翌日の富樫に肩と肘の状態を確認しました。「何ともありません」と返ってきたので、本格的にサイドスローの練習を始めました。

一回の好投だけでは、本物かどうかわかりません。そして翌週、埼玉の大宮東との練習試合で投げさせてみると、また完封してしまいました。富樫が「投げやすいです」と言うので、怪我をしない体の使い方を指導しながら、急ピッチで本格的なサイドに仕上げていきました。

投げ方を変えていくには、いくつかのポイントがあります。

まず一番大きいのは腰の使い方です。腰が縦回転なのか横回転なのかを指導者は見極め、もし腰が横に回っているようなら、上手から横手投げに変えるほうがロスなくボールに力を伝えることができるようになります。逆に、上手投げで腰が横回転の投手を、縦回転の腰の使い方に変える方法もあります。

選手それぞれの骨格や、体の使い方には違いがあるので、私は「お前は横投げにしろ」と押しつけるようなことはしません。「こういう方法と、こういう方法があるよ。どっちが投げやすい？」と選手に実際やらせてみて、その意思を尊重します。

それで、新たな投球フォームに固めていく前に、投げ方を変えることによって、どこの筋肉が痛くなるけど、それは心配する必要はないということなど、先回りして選手に伝えます。そうすると、高校生は安心できるからです。

選手それぞれに長所があるので、その長所を生かしていく、引き出していくコーチングというのを、私は大切にしてきました。

さて、サイドスローが完成した富樫に千葉大会でエースナンバーを授けると、先発でも抑えでも奮闘してくれました。準々決勝では習志野を7-0で完封。二松学舎大沼南との決勝でも、先発として6回を3安打1失点に抑え、代わった杉本は3回を2安打無失点でまとめて2-1の接戦を制し、夏の甲子園を決めてくれました。

甲子園初戦の2回戦の智辯和歌山（和歌山）戦でも、7回から無失点の好リリーフを見せて4-3で勝利。3回戦の佐世保実（長崎）戦では、2-0とリードした9回無死一、三塁のピンチでマウンドへ。そして、ここでも富樫は3人でぴしゃりと抑えて完封リレーを達成してくれました
準々決勝を勝ち上がって迎えた準決勝の尽誠学園（香川）戦。甲子園ではここまで富樫を抑えで使ってきましたが、どうも様子を見ていると先発をやりたそうにしているのを感じたので、スタートから起用しました。

すると、何度もランナーを二塁に背負うピンチを迎えましたが、要所要所を変化球で切り抜けて8回2失点（自責点1）の好投。見事に私の期待に応えてくれました。

夏直前のオーバーからサイドスローへの転向が、ここまで功を奏するとは私も思っていませんでした。

選手の性格に合わせた声がけ

4投手の中では、左腕の多田昌弘がプロのスカウトから一番高い評価を得ていて、92年のドラフト6位で広島に入団しました。

多田は割り箸みたいな細い体で、性格はとてもシャイなのですが、マウンドに立てばいつでも真っ向勝負で、どこに投げるかわからないようなタイプ。かわいげがないというか、頑固というか、とにかく負けん気の強い男でした。

ただ、その強気があだになって、一度こんなことがありました。

私が出張で、ある日の練習をコーチに託して出掛けた日がありました。帰ってきて練習の報告を受けた際、「多田はちょっとまずいです」とコーチが切り出します。聞くと、ストライクが入らないからといって、勝手に練習中にマウンドを下りてしまったようでした。

私は多田のところに行って、こう言いました。

「多田、今日は自分のいいボールは何球あったんだ?」

するとと「1球か、2球しかないです」と返ってきたので、

「そうか。じゃあ、その1球か2球を、次は何球に増やせるか、今度やれよ」

としか言いませんでした。「なんで勝手にマウンドを降りたんだ!」とかは一切なしです。その後も、練習試合などでノックアウトされてベンチに戻ってきた多田には「多田、あのボールはいいな」「あのボールは良かったぞ」とだけ言っていました。

要は、選手の性格に合わせて、言葉をかけていたということです。選手によっては、気合を放り込んでいかなきゃいけないようなタイプもいますが、多田の場合は逆でした。やはり、選手のやる気が失せてしまうような指導が一番駄目だと思います。

辛抱強く成長を待っていると、多田は少しずつ変わりはじめました。

そして、甲子園の3回戦の佐世保実戦では、チームの危機を救ってくれることになります。2回に2点の先制点をもらった先発の杉本でしたが、その裏に乱れて無死二、三塁のピンチを背負いました。しかもカウントは2ボール0ストライクです。ここで私は早くも2回に多田を投入しました。

すると、落ち着いたマウンドさばきで厳しい局面を切り抜けて、そのまま7回まで無失点のロングリリーフ。その間、得意のスライダーをワンバンで投げて、スクイズを外して

ピンチを切り抜けてくれた場面もありました。

ベンチに帰ってきた多田に、「いやあ、お前うまくやったな、あれ」と言ったら多田は、

「いや、違うんですよ、監督さん」

「照明がまぶしくて目をつぶっちゃったんですよ。そうしたらショートバウンドが行ったんです」

こういう照れ隠しの言葉を使う男でした。でも、この一言を発せられるようになった多田に、私は本人の努力の跡と成長を感じたものでした。

選手の気持ちを尊重

4人の中で、あの夏の1年で人生の運をすべて使い切ってしまったのではないかと心配になるほど、〝シンデレラボーイ〟のような活躍をしたのが、紺野恵治でした。

紺野も元々は上手投げで、投げ方がアーム式でした。つまり、テイクバックのときに肘を完全に伸ばし、そのまま肘を曲げずに打者に向かっていく投げ方をする選手でした。

このタイプの投手はなかなか肘が前に出てこないので、制球が定まらず、試合に使いづ

らい部分がありました。ただ、いままで私が学んできた中で、紺野のような体の使い方をする投手は、アンダースローに変えるとメカニック的にもはまるのではないかと思っていました。そこで、思い切って投げ方をアンダースローにしようと本人と相談し、一緒に取り組んでいくことになりました。

新チームになって、すぐに行った静岡高（静岡）とのダブルヘッダーの練習試合で、紺野を先発させましたが結果はボロボロに打たれて負けました。完投した紺野を見ると、「今日はこれで終わりだー」というような雰囲気で、お昼を食べようとしていたので、私は投球内容もその態度にも納得がいかず、「もう1試合行け」と第2試合も投げるよう命じました。するとスタミナ切れすることもなく、最後まで投げ切りました。

2試合のピッチングを見ていて、紺野の体の柔らかさに気がつきましたし、何よりも使いべりしない男だなと思いました。

そして、最後の夏の千葉大会。紺野は背番号18の控え選手でしたが、5回戦の船橋法典戦で彼の運命が変わりました。

途中10－0と大量リードをしていましたが、じわりじわりと4点差まで迫られていました。相手の勢いを感じたので、私はピンチの場面で思い切って紺野をマウンドに送りました。すると、彼はたった1球でダブルプレーを取り、相手の勢いを止めました。私はこのとき、紺野の勝負運を感じました。

紺野は打席でも〝持ってる男〟でした。二松学舎大沼南との決勝戦では一塁を守らせていたのですが、1‐1と同点の8回に貴重な勝ち越し本塁打を左中間席に放ち、甲子園行きを決めたのです。この強運ぶりを生かさない手はないと、甲子園では背番号3を与え、四番に座らせました。

紺野は四番打者として、要所要所でヒットを重ね、チームを牽引しました。また投手としても、準々決勝では強打の池田打線を6安打1失点に抑えてくれました。これが紺野の公式戦初完投です。西日本短大附（福岡）との決勝戦でも、0‐1と敗れはしたものの先発して1失点完投。投手としても、四番打者としても、大車輪の活躍を見せてくれました。

紺野も気が強い選手でした。私も長く監督をさせてもらい、甲子園の解説などでも多くの試合を見てきましたが、甲子園のマウンドから監督に向かって投手の交代を制止する選手を見たのは紺野が初めてでした。

決勝の西日本短大附戦で、先発・紺野からの投手交代を考えていたところ、マウンド上から私を制止するように手を前に出して〝ストップ〟をかけてきたのです。そこに〝譲らない〟〝一人で投げ切る〟という紺野の強い意思を感じました。

夏の大会は選手の気持ちを尊重しないといけません。彼らは私たち指導者の言うことを聞きたくないのではなく、聞くけれども、この場面では自分ならこのように考えるという自我が出てきます。選手たちは大会中に成長していくので、それを許す心のゆとりが指導者にあるかどうかです。自分たちの時代の考えを、現代の子たちに置き換えるだけではいけないと思います。

私は紺野の意思を汲み取り、投手交代はせず彼に続投させました。結果的に敗れはしましたが、1失点の見事な投げっぷりでした。

甲子園の素晴らしさ

そして、最後の一人が、甲子園の初陣を勝利で飾った杉本忠です。2回戦の智辯和歌山戦では、4回に痛烈な3ランを浴びましたが、紺野や2年生の立川隆史(元・ロッテ)ら打撃陣の援護もあって、6回を投げて勝利投手になりました。

次の3回戦の佐世保実戦でも先発を任せましたが、杉本は2回途中4四球と制球を乱し、これではまずいと交代させました。すると、彼は極度の興奮状態で半狂乱に陥ってしまいました。そこで、当時の澤村部長が三塁側のダッグアウトの奥にあるトイレに連れて行き、落ち着かせてベンチに戻ってきました。

私は、呆然としている杉本に、

「この先、もう何もないと思ったら大きな間違いだぞ。試合に出ている選手が動きやすいように、できるだけの準備をしてやることと、応援することがお前の役目だ」

と指示を出しました。その後、杉本が甲子園のマウンドに立つことはありませんでした。

杉本は、千葉大会の決勝戦・二松学舎大沼南戦で、富樫に代わってマウンドに上がり、1点差を守り切って優勝投手になりました。このあたりから少しずつ彼の歯車が狂ってきたように思います。

高校野球は部活動ですが、甲子園に出場するというだけで、女性ファンが選手のまわりにキャーキャー言いながら集まってきます。プロでもないのに、「サインしてください」とファンが言い寄り、メディアもユニフォームを着ていれば、すぐインタビューに来ます。そういう状況に浮かれてしまって、駄目になった選手を私はたくさん見てきました。

杉本も甲子園に出て、華やかな入場行進も済ませて、大観衆の中で先発をして、勝利投手にもなって……。

気持ちは舞い上がって、そこで満足してしまっていました。気持ちのどこかで「甲子園に出て勝ったから、もういいや」と子供心に思っていたのでしょう。そして、突然の乱調で降板という急転直下の展開に我を失ってしまったのです。

しかも、甲子園で負けてしまったら、もう何も騒がれることはありません。これでは、持ち上げるだけ持ち上げては落とす〝バックドロップ〟を食らったように、「あの騒ぎは一体何だったの?」という気持ちに選手はなります。

甲子園での杉本の姿を見て、甲子園は行くまでは最高のところだけど、行ってからは人を駄目にするところだと思ってしまいました。

しかし、甲子園が終わってから、杉本が書いてきた反省文を読んで、また私の考えは変わることになります。反省文には、こんなことが書かれていました。

「僕が間違っていました」

「甲子園に出場して、開会式で入場行進をして、初戦で勝利投手にもなって、そこで満足してしまいました。僕は、この先、甲子園の決勝まであと4試合もあることを忘れていました」

私はこれを読んで、杉本が一回りも二回りも大きくなったと感じました。

「甲子園は、行ってからは人を駄目にするところなんかじゃない」

「甲子園は、いままで分からなかったことや、気がつかなかったことを気づかせてくれるところなんだ」

「そして、人を一回りも二回りも大きくしてくれるところなんだ」

「だから甲子園というのは素晴らしいんだ」

そんなふうに思いました。

杉本はその後、法政大から社会人野球のヨークベニマル、シダックスに行き、野球を続けました。シダックスでは野村克也さんの下で投げて、国際試合で強豪キューバを抑えるまでの投手になったのです。杉本は本当に変わりました。杉本の反省文にあったように、甲子園が気づかなかったことを教えてくれて、人間を大きくしてくれたのです。

これは余談ですが、杉本が現役を上がって、高校のグラウンドに挨拶に来たときに、会話の流れの中でふっとこんな一言を漏らしました。

「レギュラーであろうが、ベンチ外であろうが関係ないですよね」

「教わったことは同じですから……」

この言葉は私の胸にズシッときました。私はこれまで、ある特定の選手にだけ教えるのではなく、部員全員が知っておかなくてはいけないというスタンスで、野球の指導や生活の指導にあたってきました。あとは、それを生かすも殺すも本人次第です。

何気ない一言でしたが、「あぁ、杉本はこんなふうに思ってくれてたんだ」と指導者冥利に尽きる思いでした。

蔦先生からの嬉しい一言

実を言うと、甲子園で準優勝したメンバーは、これまでの拓大紅陵の中では一番弱いと思えるような戦力でした。

4人のピッチャーも元々は大した選手ではありません。私なりに、それぞれの投手の投げ方のクセや性格を見抜いて、良い投手に育てていこうと指導をしてきましたが、なかなか思うような投手には育ってくれませんでした。

チーム全体を見ても、私が求めているプレースタイルとはかけ離れているような集団だったのです。ところが、最終的には私が思い描いた通りの動きをする選手たちの集団に成長してくれました。

スタートの時点で、こういうチーム作りをしたいという願望があって、どうしても監督はそれを常に求めがちですが、指導というのは選手たちとの我慢比べのようなもので、最後の最後にそういうチームになってくれればいいんだなと思いました。

私は勝負というのは勝つべくして勝ち、負けるべくして負けるものだと考えています。

甲子園で負けようと思っているチームなどありませんが、甲子園で勝とうと思ったら、そのチームが勝つために必要ないくつもの要素や課題を、すべてきちんとクリアができて、ようやく勝利を手に入れられるのです。

準優勝したチームは、元々は弱かったのですが、選手一人ひとりが己の役割を理解して一生懸命に練習し、甲子園でのプレーにつなげてくれましたし、私自身も勝つための用兵ができたように思います。

その結果、6年前の練習試合で圧倒的な力の差を感じた池田と、甲子園の準々決勝でぶつかって勝利することができたのは感慨深いものでした。

のちに蔦先生から、

「小枝君、完敗だったよ。やっと勝負師になったね」

と声をかけていただいたときは、本当に嬉しく思いました。

準優勝という成果を得ましたが、私はすぐに先のことを考えていたので、甲子園から千葉への帰りの新幹線の中で、隣に座った澤村部長に、

「もう一度、チームを振り出しに戻そう」

と提言しました。澤村部長は「監督は一体、何を言っているんだろう」と一瞬きょとんとしていましたが、私の考えはこうでした。

勝った勢いのままでいると、野球だけをやっていればいいとか、杉本のように勘違いをする選手が出てきてしまうことになる。拓大紅陵を、このまま〝野球学校〟にしてしまってはならない。

私は野球人である前に一人の教育者として、生徒たちを正しい道に進ませたいという思いがありました。もし、拓大紅陵が単に野球が強いだけの〝野球学校〟になっていたら、その後の甲子園の出場回数はもっと増えていたかもしれません。でも、そうすると、失うもののほうが大きかったと思います。

高校野球での第一の目的は、甲子園優勝ではなく、あくまでも人間教育なのです。

あとはもう、お前の好きなようにやれ

この甲子園で準優勝した代には、伊藤俊一郎という捕手がいました。彼の成長がなければ、多彩な4人の投手陣をもってしても、甲子園で勝ち上がることはできなかったと思っています。

あの年、「この男を育てなきゃいけない」という思いで、私は指導を始めました。賢い

子だったのですが、まずは彼のやってきたことを全否定しました。そして時間をかけて真っさらな状態にして、積み木を積んでいくように一から新たな捕手像を作り上げていくことにしたのです。

リードや技術、駆け引きなど、とにかく捕手に必要な大切なことを、毎日毎日口うるさいくらいに叩き込んでいきました。ただ、追い込みすぎてしまわないよう、「こんなやり方もあるよ」「あんなやり方もあるよ」と、抜け道はたくさん用意していました。それでも頭部には円形脱毛症ができていましたし、休み時間にはぐったりして廊下にへたり込んでいる姿も見ました。

そして、夏の大会が始まる前の6月の練習日に、私は突然「うまい！」「もう大丈夫だ！」と伊藤のことを褒めはじめました。何か特別なことをしたわけではありませんから、伊藤自身も理由がわからなかったと思います。

「あとはもう、お前の好きなようにやれ」「すべて任せる」と伊藤に伝えて、それからというもの、私は本当に一切口を出しませんでした。

いままで怒られっぱなしだった選手が、突然褒められて「お前に任せる」と言われたら、嬉しい気持ちになるものです。そこから彼の才能は一気に開花して、私がいままで指導してきた中でＮｏ・１の捕手に育ちました。自分の頭で考えて、組み立てをして、内外野にも的確な指示を出す。本当に自信を持ってプレーをしていました。

要は、指導者も選手も、これだけの長い時間、我慢ができるかということです。伊藤も逃げ出したくなったことは一度や二度ではないかもしれません。そこは、指導者がきちんと選手の様子を見逃さず、その状況に応じた抜け道や逃げ道を用意することが、とても重要になってくると私は思います。

これは余談になりますが、伊藤を大学に送り出す際、挨拶に行った受け入れ先の監督が「小枝さん、うちには捕手が出すサインがたくさんあるけど、大丈夫ですか？　覚えられますか？」と心配していました。しばらくして、グラウンドに顔を出した伊藤に「そんなにサインが多いのか？」と聞くと「うち（拓大紅陵）の3分の1の数ですね」と笑っていました。

顔が映るくらいピカピカのキャッチャーミット

キャッチャーの話で思い出したことがあります。

私が大学時代に使っていたキャッチャーミットは、みなさんにも見せてあげたいくらいピッカピカで、いまは娘の家に「俺のオブジェだ」と言って置いてあります。

それほどきれいに磨いて、大事にしていたキャッチャーミットを、一度ある選手に授けたことがあります。それは、鈴木隆というキャッチャーで、彼はこのミットを使って、1984年に春夏連続の甲子園出場を決めてくれたのです。私が大切にしているミットを鈴木に託した意味を、彼はしっかりと受け止めていました。

その鈴木は、明治大から社会人の川崎製鉄千葉に進んで野球を続けました。そして、現役を引退して何年か経ってからのことです。

「これはやっぱり、監督さんが持っておくべきだ」

と、彼は私のところにミットを返しに来ました。

鈴木というのは、私に輪をかけたくらいに几帳面な性格だったのですが、「このミットの輝きを失わせてはいけない」と、あれから何年も経っていたにもかかわらず、さらにピカピカに磨いてくれていました。オーバーに言うと、ミットに顔が映ったくらいでした。

中面の革はさすがに傷んでいたので、総張り替えをしようとメーカーに持っていきました。するとそこにいた職人さんは、

「ここまで大事に使ってくれたんだ」

と、涙を流しながらそう言ってくれました。

道具には、人の思いが詰まっています。職人さんの思い、親の子に対する思い……。そういったありがたい人の思いを、ないがしろにするようなことがあってはいけません。だから、感謝の気持ちを忘れずに、グローブやスパイク、バットといった道具を大切にしなければならないのです。

私は、そう心から思っているので、幼い孫にも話をするぐらいです。一緒にキャッチボールをしていて、キャッチミスが多いときなどは、「きっとグローブを手入れしていないからだな」と、道具の大切さを伝えます。道具を大事にする、しないというのは、実際にプレーにも影響してくるものなのです。

投げられなくなるまで、投げてみろよ

赴任当初の拓大紅陵は道具もなければグラウンドもなく、環境的に満たされていませんでした。ですから、技術指導だけでなく、言葉の力で人を育てていく手法を取るようにな

りました。私にとって、指導の転換期だったのかもしれません。

私は教員の採用試験で面接をしたこともあるのですが、「あなたはどういう大人に、どういう教員になりたいですか？」と質問します。これに対して「生徒の模範になるような……」などと、面接の教科書に書いてあるような答えを言ってくる方たちには高い評価をしませんでした。

私が思っている〝大人〟というのは、相手にそのタイミングでしか伝えられない、勇気を与えられるタイムリーな言葉をかけられる人のことをいいます。そうなるためには、いろいろな引き出しを揃えておいて、普段から「その人のためになるか」という心がけを常に持って人と接することが大切です。

私は、同じ監督仲間や学校の教諭が悩んだり、苦しんだりしているときに、彼らは何を求めているのかということを考える努力をしています。技術的なものを欲しがっているのか、生徒とのトラブルがあったときの解決方法を知りたいのか、職場の中での人間関係、仲間内でぶつかりがあったのか……。

人はそれぞれいろいろな悩みがあると思いますが、その人の求めているものに対して、対応できる引き出しをどれだけ持てるかが大切です。私は、そういう引き出しをたくさん持てる大人になりたいと思って、ここまでやってきました。そうなるためには、日々のちょっとしたことや、何気ないことに気がつけるかどうかが大事になってきます。

飯田哲也、佐藤幸彦らがいた代に、小さな大投手といわれた木村英郎という投手がいました。卒業後、社会人のJFE東日本（川崎製鉄千葉）で10年も投手を続けたのですが、高校時代に新チームの四国遠征で「肘が……」と言うので、「肘がなんだ？」と聞き返すと「肘が重いというか、痛いというか……」と煮え切らない答えが返ってきました。

そこで私は「投げられなくなるまで、投げてみろよ」と突き放しました。さらに「痛いのなら、痛くないように投げればいいじゃないか」とたたみかけました。痛くない投げ方なんて、あるわけないのを知っていながらです。

私は経験値から、このときの木村は故障ではなく、自分に防御線を張っているだけだと感じていました。「壊れるまでやってみろよ」なんて普通なら許されない言葉ですが、あえて逆療法を狙ったのです。

すると、木村は普通に投げることができたのです。肘も壊れませんでしたし、千葉に帰ってきてから、関東大会でもきっちり抑えて優勝しました。勝てば痛みも忘れます。結局は気持ちの持ち方ひとつでどうにでもなりますし、これも言葉の持つ力だと思います。

本当はすごく信頼しているエースだったので、「お前しかいないんだ」という言葉が喉まで出かかっていたのですが、そのときはまだ言うタイミングではなかったので、口にはしませんでした。

このように私は、そのとき、どういう言葉をかけるのが最も効果的かということや、声をかけるタイミングというものを大事にして指導してきたのです。

目配り　気配り　心配り

女子マネージャーの話もしたいと思います。

拓大紅陵のマネージャーは、いつも走っているイメージがあります。掃除から始まり、スコアや選手の飲み物の用意、電話や来客への対応、アナウンス、備品の整理……その他にも挙げるときりがありません。

とくに大変なのは、食事作りです。早朝練習のときには私たち指導陣やお手伝いの方への朝食、昼食の用意もあります。水道や卓上コンロはありますが湯沸かし器はないので、冬での支度には本当に頭が下がります。

初代からずっと、マネージャーは早朝練習の前日には、我が家に泊まるのが慣例でした。家内と何やら話をしながら、お米の研ぎ方、野菜の切り方、食器の洗い方などの基本的なことを教わったり、献立や味付けなどを相談したりするのです。

マネージャーが作る大きめのおにぎりは美味しかったのですが、一度こんなこともありました。味噌汁をいただくと味があまりにも薄いので、「味見をしたのか」と聞いたところ、「していません……」という答えが返ってきたのです。私はすぐに言いました。

「人様に料理を出すときには、必ず味見をするものだ。もし砂糖と塩を間違えていたらどうする？　あるいは自分が母親になったとき、幼い子供に辛いものや、傷んでいるものを食べさせたりすると、大変なことになるだろう」

それからというもの、食事で何かを感じたら、口うるさいくらいにマネージャーに言うようにしました。指導者は、食事をする際には少々の我慢と勇気も必要となるのです。

マネージャーたちは、夏の大会前には3年生全員と指導陣にお守りを作ってくれます。心のこもったものなので、これはとくに嬉しく思っていました。忙しい毎日の中で時間を見つけて、慣れない針仕事をするわけですから大変だったと思います。しかし、こういった経験ものちに母親となったときに生きてくるかもしれません。

我が家のマネージャーにまつわる本棚には、一冊の大切なノートがあります。その中には、歴代のマネージャーが書き集めた仕事内容が細かく記されているのです。

そんな彼女たちも、卒業を迎える頃には、まわりに目配り、気配り、心配りのできる立派な女性へと成長します。拓大紅陵の女子マネージャーたちは、みなしっかり者なのです。

このように、私は拓大紅陵で指揮を執った33年間の監督生活で、選手や女子マネージャーたちに、高校野球を通じた人間形成を目標に掲げて指導にあたってきました。しかし、勝ち味が遅くなったというかバランスが取れなくなった部分も出てきて、身を引くことにしました。新しい血を注入することも大切だと思ったのです。

拓大紅陵は、活気のある学校です。先生方の熱意や生徒たちの純粋さもあり、これからもっともっと飛躍していくことを祈念しています。

第4章

U-18代表監督就任　W杯の反省と提言

「我々は
16万人の仲間の
代表である」

U－18代表監督就任のいきさつ

拓大紅陵の監督を退任したあと、私は日本高等学校野球連盟（高野連）の技術振興委員となりました。2015年9月に大阪で開催された第27回WBSC U－18ベースボールワールドカップ（W杯）には、技術振興委員として視察もさせていただき、様々な意見を出し合いました。

年が明けて連盟より連絡が入り、次の高校日本代表監督の打診がありました。翌年のBFAアジア選手権と、翌々年のカナダ・サンダーベイのW杯でのU－18代表監督就任のオファーを受けたのです。

2015年のW杯は、大阪桐蔭の西谷浩一監督が指揮をしていましたが、2016年からのU－18代表監督は、〝現職の高校野球の監督ではない人〟〝複数年にわたって指揮できる人〟というのが条件にあったようです。

私はこの依頼を受諾しました。後日、恩師である鈴木吉三郎監督から、

「断れなかったのか？」

「優勝できなかったら、どれだけの批判を受けると思っているんだ？」という親心からの言葉をかけていただきましたが、私に「ＮＯ」という選択肢はありませんでした。覚悟を決めて、日の丸を背負うことに決めたのです。

２０１６年のアジア選手権は、今井達也君（現・西武）、寺島成輝君（現・ヤクルト）、藤平尚真君（現・楽天）、堀瑞輝君（現・日本ハム）、高橋昂也君（現・広島）など、大会直後のドラフトで1、2位の上位で指名されるような好投手が多く、ピッチャー主体のチーム編成ができました。韓国や決勝で戦った台湾は手強かったですが、私のやりたいスモールベースボールができたこともあり、全勝で優勝することができました。

球界史上初の高校ジャパン世界一を期待された２０１７年のＷ杯は、野手中心のチーム構成で、清宮幸太郎君（現・日本ハム）、中村奨成君（現・広島）、安田尚憲君（現・ロッテ）といったのちにドラフト1位指名される選手が主力として戦いましたが、残念ながら3位に終わりました。

この結果を受けて、いま反省点として思っているのは、私が選手たちに求めていることを、もっと指揮官として強く言うべきだったということです。

国際試合でレベルの高い相手と戦うときは、そう簡単に得点を奪えるものではありません。ですから、点を取るには相手の出方を探りながら、ヒットエンドランなどで仕掛けてゲームを動かしていく必要があります。

しかし、策を練ってサインを出しても、選手は頭ではわかっているのでしょうが、その術をきちんとは知らず、動けないようなケースもありました。

ヒットエンドランではゴロを転がさないといけません。また、盗塁をマークするために動いた守備側の空いたところへ狙って打つこと、良い当たりはそこまで必要ないことなど、それらを明確な言葉で伝えていませんでした。

高い野球技術を持った選手たちの集まりでも、各学校の指導には違いがあります。もちろん、私のやる野球がすべて正解だとは思っていません。ただ、私がやろうとしている作戦を、すべての選手たちに理解してもらって試合をしないと、チームとして100％のパフォーマンスを発揮することは不可能です。

コーチ陣らスタッフとのコミュニケーションは、選手起用の面に関してもうまくいっていただけに、より選手たちに踏み込んだ指示・指導をする必要があったと深く反省しています。

メンバー選考における課題

「敗軍の将、兵を語らず」とはいいますが、高校日本代表が悲願の世界一になるための参考になればと思い、メンバー選考からW杯本番までの流れを順に振り返りながら、私が感じたことや気がついたことなどを記させていただきたいと思います。

まず、メンバー選考に関しては、U－18代表のヘッドコーチで中京大中京（愛知）でも監督を務められた大藤敏行さん（現・享栄監督）や高野連のスタッフとともに、私は秋の明治神宮大会、春の選抜大会、春の地方大会、夏の地方大会、夏の甲子園と、全国の球場を回りました。

技術振興委員の先生たちが各地区にいるので、会議のときにそういった方々からも情報や意見をいただいて、メンバーを決定していくことになります。

国際大会では球数制限があるため、投手を多く登録する必要がありました。そこでチーム構成は、本職が投手でも他のポジションも守れて、かつ打てる選手を多く入れるようにしました。アジア選手権は18人中8人、W杯は20人中9人が投手で、その半分くらいは野手でも起用できる選手たちでした。

投手を優先して選ぶため、野手はあまり多く登録できません。捕手も怪我をされたら困りますし、試合中にブルペンでボールを受けないとならないので、本当は3人入れたいところですが2人が限界でした。

以前は、選抜大会に出場したチームの中から、選抜決勝後にまず一次選考メンバーを発表し、夏の大会後に最終メンバーを決定していました。しかし、一次で選ばれていながら最終的に候補に残る選手が実際には少ないことなどから、春の地方大会で活躍した選手も選ぼうという考えとなり、近年は6月に一次選考メンバーを発表する形となっています。

選抜が終わってから2か月もの間、いろいろな選手たちを視察することができるのにはメリットがあります。その一例として、２０１７年には広陵の捕手・中村奨成選手を発掘しました。

中村選手は、とにかく打撃はいいし、肩がいいし、足も速い。その後、中村選手は夏の甲子園で、一大会における本塁打記録を6本に塗り替えるなど大きな活躍を残しましたが、爆発する以前の春の時点から、私の頭の中ではメンバー入りを決めていました。

ベストのメンバー選考をしようと思えば、一次、二次と何度かのトライアウトを実施するのが理想です。これは、アメリカや韓国、台湾は行っています。

しかし、日本の高校野球は教育の一環です。候補だった選手が落選し、気持ちを落としたままチームに戻ったら、本人や他の選手たちにどういう悪影響を及ぼすかまで考えないといけません。また、大事な夏の大会前の5、6月にトライアウトで中心選手をとられるとなると、候補選手が所属するチームの監督はなかなか納得できないでしょう。

本当はトライアウトを何度か行い、間近で選手たちを自らの目で見て、最高のメンバーを選出したいところですが、現状はなかなか難しいものがあります。選考方法に関しては、今後も考えていかなければならない課題のひとつだと思います。

日米でのモチベーションの違い

しかし、何よりも難しい問題は、日本の高校野球ではU-18のW杯で優勝することが最優先課題ではないということです。もちろん、球児たちの最大の目標は甲子園であり、中でも夏の甲子園が最終目標となります。

ところが、アメリカは全土を東西のふたつに分けて、5月くらいからトライアウトを何度も繰り返し、代表メンバーをふるいにかけて絞り込んでいきます。また選手も、代表に選ばれて本大会で活躍することで、プロや大学など今後の進路におけるアピール材料にしたいという強いモチベーションがあります。国を挙げて世界一を目指すアメリカは、個々の選手も含めて、日本とは本気度が違うのです。

先ほど説明したように、日本も一次選考から二次選考へと選手を絞っていく形式を取ってはいますが、トライアウトを行うわけではありません。また、トライアウトはしないまでも、6月の一次選考が終わった時点で、候補選手に召集をかけて全体練習をするというのも無理があります。夏に向けて最後の追い込みをかける段階で、各チームの主力が抜けるというのは実際問題不可能に近いことなのです。

また、代表候補に選ばれるような選手は、当然強豪校に所属している選手が多く、彼らの一番のモチベーションは〝甲子園出場〟であり〝甲子園優勝〟です。そして晴れて甲子園に出場し、さらに勝ち進んだチームの主力選手は、燃え尽き症候群ではないですが、甲子園での達成感と心身に蓄積した疲労感に支配されてしまいます。

たとえば、2017年夏の決勝まで進んだ広陵の中村選手は、遅れて代表チームに合流しましたが、練習の様子を見ていて、本来のポテンシャルからはほど遠く感じました。同じく決勝まで戦って優勝した花咲徳栄（埼玉）の清水達也投手（現・中日）もそうです。この他にも、体調が万全ではないなと思える選手が数名いました。

中村選手は清宮選手、安田選手との3人で組む超強力クリーンアップを期待するメディアの質問に「疲れはないです」「頑張ります」と健気に答えていましたが、実際は心身ともに満足に戦える状態とは言えませんでした。

そんな場面で首脳陣が、「できるか？」と聞いても「無理です」と言ってくる選手はいません。

どんなにいい選手であろうと、疲労が残ったままだと自分のプレーができませんし、本人にとってそれはストレスにもなります。チームの戦力アップにもつながりませんし、無理をしてプレーすることで怪我をしてしまえば、選手の将来にも影響してきます。

今後、同じようなケースがあった場合、すぐにチームに合流するのではなく、勇気ある休養をさせてあげてもいいんじゃないか。甲子園大会直後の代表の練習には参加しなくてもいいんじゃないかと、そのとき思いました。

仮に合流するにしても、仲間とのコミュニケーションを取るという程度で十分です。軽い練習には参加しても、オープン戦には参加しなくてもいいという判断を、大人が下してあげる必要があると感じました。

指揮官が最初にやるべき仕事

それならば、U－18のW杯を夏の甲子園直後にやらずに、少し間を置いて秋以降に開催すればいいのではないか？　という声も届いています。

しかし、日本とは違い、アメリカなど他の地域の学校は9月に入学式を迎えるため、学年が変わってしまいます。主催者側は日本にも大会に参加してほしいという強い思いがあるので、現状の9月上旬開催ということで、なんとか他の国の野球連盟が日本に合わせてくれていると聞いています。

春、夏、秋の大会が行われる日本の高校野球のスケジュールを、すべて前倒しにすることも不可能ですし、W杯の開催を後ろ倒しにすることも難しい。つまり、現状のスケジュールで、ベストの選考スタイルを模索しながら戦うしか術はないのです。

しかし、夏の甲子園が終わってから9月上旬にW杯が行われるスケジュールというのは、代表チームがひとつになって練習する時間や、チームとしてまとまるための時間、首脳陣が身近で選手をじっくり見る時間があまりにも少ないというのは正直なところです。

限られた時間しかない中で、選手やコーチ、スタッフたちが合流して、まず指揮官である私が最初にやるべき仕事は、メンバーおよび主将に自分の考えを伝えることでした。監督という立場になると、やりたい野球の好みやスタンスがあります。

私個人は、主将は前に出ていくタイプよりも、縁の下の力持ちのように地味だけど裏で支えてくれるタイプを好むほうでした。人によっては、前にどんどん出て、さらに実力も伴っているような選手が、主将には一番いいという監督もいます。

結果的には早稲田実業の清宮選手が主将となったので、彼に大役を任せるにあたり、私も言うべきことは言っておかないといけないと思い、全員が集合する前に二人で話をすることにしました。

メディアが彼に集中することは、火を見るより明らかでした。ただ、主将である以上、一つひとつの言動がチームに影響を与えますし、仲間を納得させないとチームとして成立しません。

「あいつが頑張っている」

「あいつは結果を出しているから、言われても仕方がない」

と思わせるだけの立ち居振る舞いをしてもらわないと困ります。ですから私は「日本代表は、清宮個人のチームではないよ」ということを伝えました。

本人もそれは理解していました。大会が始まってからは、清宮選手が打っても打てなくても毎試合後に矢面に立たされ、メディアの前でしっかりとした対応をしていました。自分も打ってチームが勝ったときはいいですが、打てなかったときはつらかったと思います。監督の立場としては、勘弁してあげてほしいなとも思いましたが、彼は立派に主将としての責務を果たしていました。

ただ、やっぱり高校生ですから、打てなかった試合後に会見をしたあと、一人になったときにうつむいていたり、泣いていたりした姿も目にしました。大変なプレッシャーを背負っていたのだと思います。

しかし、清宮主将のおかげで、チーム内の衝突はありませんでしたし、仲間も彼を主将として認めてくれていました。

果たして国民の期待に応えられるのだろうか

実は、その前の年のアジア選手権のときにも、当時2年生だった清宮選手をメンバーに推す声がありました。２０１５年のW杯では、清宮選手が1年生でただ一人選ばれていましたので候補の一人でした。

私も清宮選手の能力が高いことは承知していましたが、先ほど述べた通り、メンバーの数が限られているため、投手と野手、複数のポジションを守ることができる選手を優先的に選びました。

履正社・寺島投手、横浜・藤平投手、東邦・藤嶋健人投手（現・中日）などは、打者としても高い能力を持っていました。私は、投手を中心としたスモールベースボールで頂点を目指す野球をしたかったので、主に一塁手でしか起用できない清宮選手は下級生でもあるとして、メンバーから外れることになりました。

そして、アジア選手権で優勝したそのときから、私は翌年のW杯のメンバー構成について考えはじめました。清宮選手はもちろん筆頭候補です。それからの1年間、清宮選手は選抜にも出場し、しっかりと結果を残しました。3年夏の甲子園には出場が叶いませんでしたが、メンバー選考では高野連の関係者の中でも圧倒的に彼を推す声が強く、文句なくメンバーに選ばれました。

この年は、前年に比べると全体的に投手陣が弱く、清宮選手や中村選手、安田選手など、野手のほうに注目を集める選手が多かったのですが、先ほどからお話ししているように、球数制限のルールがある以上、理想的には投手と野手の両方を高いレベルでこなせる選手を複数入れるのがベストです。

そこで、日大三の櫻井周斗投手（現・ＤｅＮＡ）や前橋育英の丸山和郁投手（現・明治大）をメンバーに選んだのですが、彼らは残念ながら早い段階から投手として結果を残すことができませんでした。

世間が注目している清宮・中村・安田の３選手を軸とした派手に打ち勝つ野球のほうが、ファンのみなさんは好きだし楽しいというのもわかっていましたが、私のやりたい野球とは対極にありましたし、投手陣の計算も立たなかったので、果たして国民の期待に応えられるのだろうか……と私は少なからず不安を抱えていました。

アメリカ代表の打力は、日本の大学生くらいだと想定していたので、練習試合では何人かの投手を試してみましたが、みんな感触がもうひとつだったのです。

とくに福岡大大濠の三浦銀二投手（現・法政大）はメッタ打ちにあい、落ち込んでいました。三浦投手は選抜の時点ですでに１４０キロの速球を投げていましたが、やはり投げすぎで疲れていたのでしょう。選抜の１回戦は１４９球、２回戦は１９６球、引き分け再試合で１３０球、計４７５球を一人で投げ抜いたのですから、それは疲労が残らないわけがありません。

宿舎の廊下などで三浦投手とすれ違うたびに「銀ちゃん、いつか銀ちゃんの力が必要になるときが来るから、そのときは頼むぞ！　頑張れよ」と声をかけていました。すると、最終戦の3位決定戦のカナダ戦であれだけの好投を見せてくれました。

三浦投手の復活については嬉しく、頼もしく思ったものですが、W杯での戦いぶりは、やはり私の不安が的中する結果となってしまいました。

結論から言うと、打撃面で苦しみました。私としては、チーム打率が3割4分くらい欲しかったのですが、終わってみれば2割5分2厘でした。高校球界屈指の強打者たちを揃えても、なかなか勝負を決める一発は出ませんでした。

中盤から調子を上げてきた安田選手は、最終的に3割を超える数字を残しましたが、清宮選手の打率は2割台前半で、中村選手は1割を切っていました。木製バットへの対応というのは以前から課題として指摘されてきたことですが、やはり2017年のW杯でもこの壁は高かったのです。

対応力のある打撃とは

そんな中、今年のドラフトでロッテから1位指名を受けた大阪桐蔭の藤原恭大選手と、広島1位の報徳学園の小園海斗選手の当時2年生コンビは、木製バットにうまく順応して、対応力のあるバッティングをしていました。

藤原選手は、2年生のときの選抜では2本のホームランを放ちましたが、私はホームランを打ったからではなく、「ああ、この子は自分の〝ポイント〟を持っているな」と思って、W杯メンバー入りの中では私の一推しの選手でした。〝ポイント〟を持っているというのは、ここに来たボールは確実にヒットにできるといったゾーンがあるかどうかで、これは打撃センスともいえます。

さらに、藤原選手は非常にクレバーな打者でもありました。甲子園ではセンターから右方向へ打っていましたが、W杯では速い球にしっかり対応しようと、逆方向の三遊間を狙ってヒットを打つなどの工夫をしていました。

大阪桐蔭も送りバントはやりますが、どちらかというとヒットエンドランが多い野球をしています。西谷監督の野球は、打つだけというイメージが強いかもしれませんが、実際はよく動いています。ゲームを動かすことによって、打者の恐怖心を取り去り、選手に肩の力を抜かせて、積極性を生んでいる部分もあると思います。

私は藤原選手と実際に接してみて、その思いをさらに強くしました。代表監督は、各学校の指導法や教えている野球のタイプを把握しておくことも、今後は重要になってくるのではないでしょうか。

藤原、小園選手以外にも、日大三の櫻井、井上大成（現・青学大）の両選手も肘の使い方が柔らかく、木製バットをうまく使えていましたし、自分の〝ポイント〟も持っていました。日大三の小倉監督は、普段の練習から木製バットを振らせていますから、彼らも国際試合で木製にスムーズに対応することができたのです。

私は、日大三のような木製バットでの練習をできる学校は、普段からぜひやってほしいと思っています。竹バットでもいいです。

メリットはいくつかありますが、まず正しいスイングをしているかどうかがすぐにわかります。木製は正しく使えていないとバットは折れますし、打球は飛びません。金属バットは当たれば飛んでいきますが、木製は正しい使い方が身についていないと飛びませんので、国際大会に出る出ないは関係なく、確実に選手の打力アップにつながります。

ただし、各学校によって事情があるでしょうから、なかなか木製バットを練習に取り入れることができないというのも理解しています。指導者のみなさんには、できる範囲で検討していただければと思います。

木製を普段から使っていない代表メンバーは、夏の甲子園が終わってから本格的に使うようになります。使い慣れていないと、大会に入る直前に飛距離や打球速度の違いに対して、ショックを受けてしまいます。〝バットが折れる〟という現象に愕然としてしまう選手も何人も見てきました。

今回のW杯でも、中村選手に大藤ヘッドコーチが付きっきりでアドバイスをしていましたが、最後まで調子は戻らず苦戦していました。木製バットの使い方を理解しかけた頃には、大会が終わっていたというのも、またよくあることなのです。

ただ、選手を責めることはできません。高校野球において選手たちの最終目標は、日本代表チームに入ることではなく、甲子園に出ることです。

ですから、首脳陣がメンバー選考の際に、バットスイングがきちんとできているかどうかを見抜く必要があります。マスコミが取り上げている選手だからではなくて、この選手はバットスイングの軌道がちゃんとインサイドから出ているのかといったことなどを、正確に見る目がないといけないのです。

国際大会に対応するうえでの問題点

国際試合で木製バットに対応するために、

「高校野球では金属バットの使用を禁止にして、以前のように木製バットに戻したらいいじゃないか」

という意見があるのも知っています。しかし、これが先ほど述べた各学校のチーム事情というものにもつながってくるのです。

一本25000円もする木製バットが、たった一振りで折れることだってあります。一方の金属バットは、1000球打てるといわれています。それを考えると、資金の豊富な強豪私学は木製バットにも対応できるかもしれませんが、資金力のない公立校だと何かと困難な問題が生じてきます。

そもそも、高校野球が木製から金属バットに移行した背景には、バットを作るための木材であるアオダモが減少していたという実情もあります。希少なアオダモのバットは、品質の良いものからプロ、社会人、大学に渡り、高校に来るのです。そのぶん量も限られてきますし、品質もまばらになってきます。

いまはメイプル素材のバットも出てきていますが、そういった意味でもアオダモの植樹は大切ですし、木製バット問題は、なかなか簡単には解決できる案件ではないというのもまた事実なのです。

また、国際球への対応も、国際試合になるたびに言われることです。

今回のW杯で実際にボールを握った感想は、アメリカ仕様のボールは縫い目の締めつけが甘いため、日本のボールよりも若干大きく感じます。すると、ボールを握る際、肘を中心に余計な力が入り、投球のバランスが崩れるというケースが出てきます。

ですから、今回の投手陣の中でも、誰が国際球できちんと投げられるのかは、実際に試合で投げてみるまでわかりませんでした。結果的には秀岳館の田浦文丸投手（現・ソフトバンク）あたりが最も適応していました。

では、国際試合で即対応できるようにするため、日本球の縫い目の締めつけを甘くすればいいのかというと、そういうわけにもいきません。日本が世界に誇る職人さんが作った最高品質のボールの出来を、国際試合で勝つためだけに落とすというのは、現実的に無理があるからです。

他にも国際大会の洗礼を浴びました。航空輸送のトラブルで開催地のカナダ・サンダーベイにチーム全員のバットが届かず、初日の練習に間に合いませんでした。衣類などの入ったスーツケースが届かなかった選手もいました。

バットがないのでノックもできず、守備練習はノッカーが手投げで行いました。2日目には無事、荷物が届きましたが、課題だった打撃練習が一日できなかったのは痛手でした。

国際大会の経験が豊富な全日本野球協会会長で、バルセロナ五輪の野球日本代表監督だった山中正竹さんからは「何があっても動じるな」と言われていましたが、さすがにこの事態は堪えました。

今後、U-18を率いる現場の首脳陣の方々は、国際大会では試合以外のところでも、本当に何が起きても不思議ではないと考えておいたほうがいいと思います。

ストライクゾーンの違い

国際試合では、ストライクゾーンの違いもよく話題に上ります。

今回のW杯では、私の感覚だと、ストライクゾーンが外角にボール1個分か2個分くらい広いように感じました。逆に内角に投げると、アメリカの打者は露骨に嫌がりますし、球審もストライクをなかなか取りません。

球審の立つ位置も、打者の入ったバッターボックスとホームベースとの隙間の延長線上、つまり打者が右でも左でも、その内角の後ろの位置に立ちます。そしてベース板をかすっているようなボールは、ストライクを取りません。また、向こうの感覚でボールかストライクか曖昧だなというコースは、すべてボールと判定されるように見受けられました。

ストライクゾーンの高低に関しては、アメリカは上に広く感じます。日本では俗に「脇の下から膝下まで」などと言われますが、日本の球審は、ベルト上のボール2個分くらいまでしかストライクを取ってくれません。高低においては、日本のストライクゾーンは狭すぎると思うくらい、きっちりと判定をされています。

ボール1個分が外れているくらいなら、好きなコースは打ってよし、という決めで練習している学校も中にはあるようですが、国際試合では縦と横でさらにもう1個、つまりボール2個分くらい広いわけです。外国のバッターはそれくらいのボールは振ってきますが、日本では基本的に「ボールは打つな」と教えられているので、即座に対応するのはなかなか難しいと思います。

ストライクゾーンは文化の違いですから、受け入れて対応するしかありません。私はアウトコースのボールに対しては、逆らわずに逆方向に打ち返せという指示を出していました。これは日本のお家芸でもあります。しかし、外のボールを引っ張ったりする選手もいて、なかなか思うようにはいきませんでした。

そんな中、先ほども話に出た藤原、小園の左の一、二番コンビは、外角が広いと感じるとセンターから左方向を狙っていました。本当に、彼らの打撃センスは抜群でした。それに、人の言葉に耳を傾ける素直さも持ち合わせていました。

また、カウントに対する考え方も日米では違いがあります。日本ではボールが先行している場面では、「ここはひとつ待ちだろう」などという発想になります。しかし、アメリカでは2ボール0ストライクから打ちにいくというのは普通のことで、そこに彼らは違和感など持ちません。

以前、私の教え子がアメリカに行って、コーチの勉強をして帰ってきたときに、私にこう言ったことがありました。

「監督さん、お願いがあるんですよ。カウントが3ボール1ストライク、3ボール0ストライクでも、本当に〝ポイント〟を持っている選手だったら、ランナーが二、三塁のときには打たせてやってください」

要は「待たせないでやってほしい」ということを言われたのです。

私は、この申し出を受け入れて、いざ実践するようになるまでには、ずいぶん時間と勇気を要しました。もちろん相手ピッチャーのボールの暴れ方を見たり、ボールの軌道を見たりしながら、ストライクとボールがはっきりしていれば、それまでと同様に〝ウエーティング〟のサインを出すケースもありました。

しかし、絶対的な〝ポイント〟を持っていて信頼のできる打者なら、アメリカのように3ボールであろうと〝好球必打〟で打たせていいと私は思いますし、実際にW杯でもそんな場面がありました。

1球たりとも好球を見逃さないでほしい

オーストラリア戦でのことです。

延長11回無死一、二塁で迎えたバッターは藤原選手で、私は送りバントのサインを出しました。すると、ここでも彼は非凡なセンスを見せ、自分の足を生かしたセーフティーバントを決めて、無死満塁のチャンスを作りました。二番の小園選手は倒れ、三番の安田選手に回ってきました。

実は日本で行った強化合宿で、私は安田選手にこんな話をしていました。

「ひとつだけリクエストがある」

「1球たりとも好球を見逃さないでほしい」

「自分が捉えられるボールは、1球たりともフルスイングしないで終わることがないようにしてほしい。難しいかな?」

すると彼からは、「いや、大丈夫です」という言葉が返ってきました。

ひとつの暗示でした。安田選手はボールを慎重に見ていくタイプで、選抜のときからその消極性が気になっていました。しかし代表合宿で彼のスイングを見てみると、いいパンチ力があるし、しっかり自分の〝ポイント〟も持っていました。そこで、安田選手にそんなアドバイスを送ったのです。

国際大会の勝負所で、甘いボールを見逃しているようでは勝ち目はありません。そして安田選手は私の指示通り、この打席ではファーストストライクから積極的にスイングしてファウル。ボールが2球続いてカウントが2ボール1ストライクとなった4球目、見事にセンターへ決勝打を放ってくれたのです。

合宿では、選手たちに「高めのボールを8割の力で打て」「ゴロは打つな」「ゴロになりやすいから、低めのボールは打つな」という指示も出して、そういった意識づけの練習をしていました。「木製は飛ばないから」と、力んだら余計に良い結果は生まれません。ですから、自分がヒットを打とうと思ったら、高めを8割の力で軽く振り抜きなさいと伝えたのです。

その後のフリーバッティングを見ていると、中村選手は苦戦していて、清宮選手の打球はフライ系が多く、安田選手は低い弾道のライナー系が多いのがわかります。そういう予備知識も自分の頭に叩き込んで作戦を立てるわけですが、チャンスで安田選手に打席が回ってくれば、勝機は十分にあると思わせるだけのものを彼は持っていました。

報復死球について

さて、もうひとつ文化の違いで困ったことがありました。

3位決定戦のカナダ戦で起こった〝報復死球〟です。

8回二死、8-1の7点差で日本がリードしている局面で、バッターボックスに立ったのは清宮選手でした。そこで二塁ランナーの中京大中京・伊藤康祐選手（現・中日）が三盗を試みるも失敗してチェンジとなりました。

そして次の回、先頭でまた打席に入った清宮選手は、いきなりデッドボールを受けました。出塁した清宮選手はすかさず二盗したのですが、カナダの二塁手からは暴言を吐かれ、記録上も盗塁とは認められませんでした。

これは、ルール上に明記されていない〝ルール〟によるものです。

アメリカでは、7点差以上ついていると盗塁や送りバントはしない、とくにスクイズなどはもってのほかという暗黙のルールがあるようです。これを知らなかった二塁ランナーの伊藤選手が、8回に三盗を試みたことで、次の回の先頭の清宮選手に報復死球を投じたわけですが、さらにその清宮選手がまた走ったことで、グラウンドは怪しい雰囲気になってしまったのです。

私はこのとき、球審に聞きに行きました。一応、球審にお詫びはしましたが、あれは日本としては受け入れることはできません。7点差でも何が起こるかわからないというのが日本の野球です。ですから、点は取れるときに取れるだけ取っておこうという考え方で、選手たちは指導されていますし、私もずっとそう指導してきました。

このときは8回でしたが、たとえ7点差あったとしても、2イニングの間に3点、2点と取られたら、あっという間に2点差になります。実際、甲子園でも7点差の逆転劇というのは過去に例があります。

今回のカナダ戦のケースで、点を取れるときに取れるだけ取っておかないことで逆転負けをしたら、何をやっているんだという話です。野球は1点1点の積み重ねであるというのが、日本の野球文化から生まれた理念でもあります。

しかし、点差がついた場合に攻撃の手を緩めなかったら、他国からは理解されないという事態になります。アメリカをはじめとした海外がそういう文化であるならば、我々日本人としては不本意ですが従わざるを得ないというのが実情です。

でも、それならば、せめてルール上に「7点差以上ついているときの盗塁や送りバント、とくにスクイズなどは好ましくない」といった一文を加えておいてほしいものです。その一文にどこまでの強制力があるのかなど、今後も検討されるべき課題はあるかと思いますが、当事者である選手たちが迷わないようにしてほしいというのが私の思いです。

アメリカ打線を抑えるためには

私たち日本代表が世界一になるための最大の敵は、メジャーリーガーの卵たちがたくさんいるアメリカでした。しかし、オープニングラウンドの第2戦に0－4で敗れました。勝つならば辛勝というスコアだろうと私はイメージしていましたが、結果は完敗でした。

2年前のW杯でも、日本は決勝でアメリカに敗れて準優勝に終わっているので、やはりアメリカに勝つことが、世界一になるための最大の課題です。

アメリカの投手のスピードや打者のパワーを見ると、日本が打ち勝つのは難しいと思います。アメリカみたいにホームランで大量得点を入れるような野球はできません。パワーで対抗しようというのではなくて、日本人には日本人に合ったパワーのつけ方がありますし、それはきちんとメカニックに従って行う必要があります。

しかし基本的な考え方としては、いかにノーヒットでも1点をもぎ取るかという野球を、やはり日本はしないといけないと思います。

ただし、いままでは大味だと思っていたアメリカの野球は、進化を遂げていました。次の塁を狙う意識は高くなっていて、走塁やベースランニングにも力を入れているなという印象を受けました。

走者がいれば、3ボールでも打ってくるあたりはアメリカならではですが、意外なことにパワーで勝負するだけではなく、バントもセーフティーもやってきました。こういう細かい野球をアメリカのようなチームにやられたら、もう隙がありません。今後はいままで以上に、どんどん勝つのが難しい相手になっていくと予想されます。

アメリカだけではなく、私たちはカナダと韓国にも敗れました。世界の壁は高く厚かったのですが、決して日本の野球のレベルは低くありません。屈することなく立ち向かっていけばアメリカも勝てない相手ではありません。

160センチの選手に、2メートルになれというのは無理な話です。でも、2メートルの大きな選手を打ち取れる投手力はつけられると思います。

それに捕手に目を向ければ、スピードのある選手の盗塁を刺しています。そのため、このときアメリカで一番足が速かった選手も、バッテリーを警戒して走ってはきませんでした。ですから、日本の緻密で正確な野球を極めていけば、十分アメリカに勝てる要素はあると思います。

動くボールへの対抗手段

アメリカの投手陣は、とにかく球が速かったです。データを見たら150キロ以上投げる投手ばかりが並んでいて、平均球速が140キロでした。

一方、日本の投手陣は夏の大会の疲れもあって、みんなスピードが出ていませんでした。140キロを超えるボールを本番で放っていたのは、花咲徳栄の清水投手だけだったことを考えると、いかにアメリカのピッチャーが速かったかわかると思います。

また、アメリカの投手は動くボールを投げるため、どうしても日本の打線は芯で捉えられませんでした。きれいな真っすぐはありません。テレビ画面上では「なんで、あのくらいのボールが打てないんだ」というふうに映ったかもしれませんが、バッターの手元でよく動いていて、芯を外されていました。

結果的に、打線は2安打、三塁すら踏めずに完封負けでした。投手が頑張っていただけに、なんとか点を取ってあげたかったというのが正直な気持ちです。

日本の高校生にそういった動くボールを投げる投手は少ないため、打者が対策を取ることも簡単にはできません。しかし、動体視力など、目の強化をすることも攻略の手段としてあると思います。もし日々の練習にゆとりがあれば、そういったトレーニングを取り入れていくのもひとつの方法ではないでしょうか。

では、逆に日本の投手も動くボールを覚えたらいいじゃないかという話になりますが、ちゃんとした理論を持った指導者がしっかり見てあげていないと、肩や肘を壊してしまう可能性があります。日本の高校生の投手が、アメリカのような動くボールを投げようと思っても、指の長さが違います。「こういうふうにやれよ」ではなく、その選手に合ったボールの握りを、一緒に研究していく必要があるのです。

日本が世界で勝つためには

これまでに何度か話してきましたが、私はバッティングでは〝ポイント〟を持っているかどうかを重視して、選手たちを見ています。そして〝ポイント〟を持っている選手が、基本的には中軸を担うことになるのですが、必ずしもクリーンアップに入るケースばかりではありません。

よく私は、たとえでこんな話をします。

それは、打線は〝竜頭蛇尾〟ではいけないということです。竜頭蛇尾とは、頭は竜のように立派なのに、尾は蛇のようにか細くて前後のつりあいがとれない、つまりはじめは勢いがいいが、終わりになると振るわないという意味です。

つまり、一番から九番までの打線を、仮に竜の全身だと見立てたら、頭を押さえつけられても胴と尾っぽが上がってくる。胴を押さえられても頭と尾っぽが上がってくる。尾っぽを押さえられたとしても頭と胴が上がってくるというチームが、相手からしてみると一番嫌なわけです。

さらに言えば、力が3分の1、テクニックが3分の1、それからクレバーさが3分の1というような構成でチームが作られると、非常にバランスがよく、いい野球をしやすいというふうに私は思っています。

こういうチームだと、どこからでもチャンスが作れますし、どこからでも点を取ることもできます。また、タイブレークなどでは、クリーンアップであろうと、送りバントやスクイズが求められる局面も出てきます。

最近よく思うのは、昔に比べていまの世代は、明らかにバント練習や自己犠牲の打撃練習が少なくなっているということです。その代わりに、打つ練習というのが圧倒的に多いので、金属バットでは打てるのですが、国際試合における木製バットへの対応はなかなかできません。

名門校、伝統校というのは、古くからあるその学校なりの理論を持っていますが、他の学校では、角度を変えてさらに進んだ理論を教えているところもあります。

いい例は、私が根本さんに「お前の野球は難しい」と言われたことです。たしかに、根本さんが教えてくれたフォーメーションは理に適っていましたし、私は目からうろこが落ちる思いをしました。練習で試してみて、こっちのほうが合理的で、ミスやロスが少ないというケースだって出てきます。

野球観は人それぞれですし、そのぶん作戦も存在します。

でも、いままでとは違う価値観のものでも、積極的に取り入れるような柔軟な姿勢を、指導者には持っていてほしいなと思います。また、代表に選ばれるような高いレベルの選手には、犠牲心を持つことと、引き出しを増やすことを念頭に野球に取り組んでくれればと願っています。

もちろん、それだけで世界で勝てるほど甘いものではありませんが、日本が国際試合で今後いい成績を残すためには、柔軟性を持って野球の幅を広げていき、さらには日本人ならではの特性を生かすような野球やチーム作りを考えていくことが重要だと思います。

最終日のカナダ戦を翌日に控えた前夜、私は選手たちに、

「我々は16万人の仲間の代表であり、日本の高校野球代表チームとしてきっちり戦う義務がある。最後の最後まで、日本の高校野球をやりきるんだ！」

と話して最終戦に臨みました。

結果は銅メダルに終わりましたが、世界一のメダルは次のチームに期待するものとして、試合に臨む姿勢や物事の考え方はしっかり伝えたつもりです。

私はこのメンバーの中から、一人でも二人でも指導者を目指してくれる選手が出てきてくれたらと願っています。

「自らを律し
生徒を律し
チームを律する」

普段の生き様や立ち姿でも自分の考えを示す

少し前になりますが、女子レスリングや日大のアメフト部の問題が世間を賑わせ、いま指導者の資質が問われています。その後も多くの競技で体罰やパワハラの問題が表面化してきました。

指導者が絶対に忘れてはいけないのは、指導者の言葉や指示に対して、選手は忠実すぎるくらい忠実に行動を取ってしまうということです。これはとくに強豪チームの場合によく起こります。発する言葉を間違えてしまうと、とんでもない事態に陥る恐れがあるということを、トップレベルの指導者はしっかり認識しておかなければなりません。

選手というのは、いくつになっても、監督や指導者に認められて日の目を見たいという気持ちが強いものです。だから指導者の言うことを聞こうとするし、中には聞かなくてもいいことまで聞いて、筋違いな行動に走ったりもします。

しかし、「監督の言うことを聞かないと、外される」という気持ちに選手をさせることが、果たしていいことなのでしょうか。

私はそういうやり方ではなく、努力しているところを指導者がちゃんと見てあげることで、選手が「この監督の言うことを聞こう」というのが、本来の自然なあるべき姿だと思います。

野球の試合でも、監督がピッチャーに対して、

「内角を突け」

「バッターに当てるくらいの気持ちで投げてこい」

と指示を出すことがあります。これは、内角にきわどいボールを投げることで、腰の引けた状態を作る、あるいは最終的に外角のボールで打ち取るという意図があるからですが、指示を受けた投手が本当に死球を与えてしまうことがあります。

あるいは、野球にはスライディングなどのコンタクトプレーもありますが、「やれ」と指示していないのに、相手の体に突っ込んでしまうことがあります。

たしかに指導の過程において「相手が嫌がる野球をする」という部分は出てきますが、これは決して「ぶつけていい」「タックルしていい」というわけではありません。それを選手たちにしっかりと理解させる必要があります。

これは、指導者がどういう野球を目指しているのか、どんなプレーを望んでいるのかということを言葉で説明するだけではなく、普段の生き様や立ち姿でも自分の考えを示すこ

とで、おのずと答えは見えてくるものです。

互いに信頼関係が築けて、選手たちが自分の頭で考えてくれさえすれば、プレーの良し悪しについてもわかってくると思います。

相手がいいプレーをしたときには褒めろ

もちろん、実際に危険なプレーが起こったとき、あるいは自分の求めている野球とは反するようなことを選手がしたときには、指導者としてきちんと自分の考えを示さなければなりません。

拓大紅陵に赴任した当初のことです。この頃の選手たちの振る舞いはひどいものでした。練習試合の最中、相手に向かって野次というレベルではなく、聞き捨てならない暴言を吐くのです。私はすかさず言いました。

「ちょっと待て！　お前たち、いままでこれで通ってきたのか？」

「俺の野球をなんだと心得ているんだ！」

私は日大三時代から、生徒たちには一貫して、野球とは真剣勝負、グラウンドは戦いの場であると説いてきましたが、決して喧嘩や決闘の場ではありません。

野球というのは気力、知力、体力、技術を競い合うものなのです。さらに、相手の存在があってはじめて野球ができるということを忘れてはいけません。

「お前たち、論外だぞ」

「次にこういうことがあったら、俺が交通費を出すから、即刻帰ってもらう」

私がそう言うと、その後は収まりました。

また、別の日にはこんなこともありました。自分たちのグラウンドで行われた練習試合で、0-0のタイスコアのまま試合が進み、自軍の打球がイレギュラーして外野に転がり、サヨナラのランナーが還ってきました。すると、選手たちは「勝った、勝った」と大喜びしているのです。私は選手たちに問いかけました。

「お前さんたち、スコアはサヨナラ勝ちかもしれないけど、恥ずかしくないのか?」

自分たちがグラウンド整備をいい加減にやっていたせいで、打球がイレギュラーして、それが決勝点になり、相手が負ける結果となってしまった。普通は、わざわざ来てくれた相手に対し、申し訳ないと思わなければいけないところです。

「これが相手のグラウンドなら、まだいいよ。自分たちが整備をしたわけじゃないから。でも自分たちのグラウンドでこういうことが起こって、お前らプライドはないのか！」

自分が指導者として、目指すべき野球の青写真ができあがると、「そうではない勝ち方をして、お前たち嬉しいのか」という問いかけが出てきます。

私はよく「グラウンドは生きている」という話もします。

これは本当に不思議なのですが、気持ちを込めて丁寧に整備をしていれば、水を撒かなくても、雨が降らなくても、グラウンドはしっとりとしてきます。ただ表面を平らにしているだけでは、乾いていて潤いというものを感じません。手を入れれば入れるほど、グラウンドというのは生き返ってくるものなのです。

また、この頃の選手たちには、こんな話もよくしました。いい試合をしたければ、いいプレーを互いに出し合うことが必要です。そこで、

「相手がいいプレーをしたときには褒めろ」

と。そうすると、自軍も不思議なことにいいプレーが出ます。「ナイスプレーだよ、セカンド」などと言うと、自分たちも難しいプレーが成立したりするのです。

そういうときは、勝っても負けても「今日はいいゲームだったね」となります。相手のいいプレーを引き出すことができた。自分たちも高みを目指している。お互いが高みを目指して競い合う、これが練習試合の目的なのです。

お前の力が必要なんだ

私がよく試合中、選手たちに使っていた言葉があります。いつも抑えているエースが打たれたときは、野手に対してこう言うのです。

「みんな、いままでこの男にどれだけ助けられたの？」

「こういう日は、お前らが打って取り返してやらなくてはいけないだろう」

すると、エースはほっとして、本来のピッチングを取り戻したり、野手が奮起して打線が爆発したりします。そして、これは逆のパターンでも使えます。ピッチャーが好投しているのに、まわりが打ってくれないときは、

「いままで野手に助けられてきたんだから、ここはもうひとつ踏ん張れや」

とピッチャーに言います。その場その場で、選手たちが意気に感じるような声がけをしていくわけです。

このように、普段から選手にかける言葉や、そのタイミングを大切にしてきたつもりの私ですが、晩年になってからも失敗をしたことはあります。グラウンドから家までは車で

6分の距離です。その6分の間に「ピッチャーにあんなこと言わなきゃよかったな」「言いすぎちゃったな」と後悔して、それが頭から離れず、自分自身ものすごく嫌な思いをしたものです。

追い込むだけで追い込んで、逃げ道を作っていないと、選手は行き詰まってしまいます。野球部を辞めるとか、場合によっては〝最悪の事態〟にまで追い込むことだってあります。

これは、一般の社会においても同じです。上司は部下に対して、ひとつだけでも抜け道を作っておくべきだと思います。全部が全部ふたをしてしまって、追い込みすぎるのは避けなければいけません。

選手からしてみると「お前の力が必要なんだ」という言葉ひとつで、逃げ道、抜け道にもなります。もちろん、これをどのタイミングで言うかも大事になってくるのですが、「俺の言うことを聞いていれば間違いない」とか「黙って俺に付いてこい」といった昔ながらの頑固な指導者の中には、なかなかそういうことを言えない人もいます。

そういうタイプの指導者は、とことん選手を追い詰めて、踏みつぶすところまで行ってしまう可能性もあります。私も若い時分は、そういうところもありました。しかし、選手との触れ合いを大切にしながら経験を積んでいく中で、かける言葉やタイミングというものを自然に学んでいきました。

間違った経験は少ないほうがいいですが、間違いから学ぶこともありますから、やはり経験というものは大切です。指導者も時代に沿って、成長していく必要があります。

また、指導者から「自分は見られていない」と思ったら、選手は腐ってしまう場合があります。そう思わせないために、いきなり選手を呼び出して会話を交わすということもよくやりました。

たとえば「手を見せてごらん」とマメだらけの手のひらを見て、「よくバット振ってるな～」「次の練習試合、行ってみるか！」と言うと、選手は「えっ？」と舞い上がります。

しかし、結果はそう簡単に出るものではありません。

そこで、私は言います。

「それだけ努力しても結果が出なかったんだから、もっとやらなきゃな」

そうすると、ただ選手を試合に出させて気持ちよくさせるだけではなく、自分の実力を知らしめて、さらなる課題も与えることができます。

「試合に出ている連中は、さらに俺からこんなに多くのリクエストを受けている中、結果も出しているんだぞ」と付け加えれば、レギュラーと自分との実力差がわかり「ああ、自分はもっとやらなきゃいけない」と思うようにもなります。そして最後に「次にまたチャンスがあるからな」と背中を一押しするのです。

ただし、サービスのようにあまり試合に出しすぎると、「簡単に試合に出られる」と選手が思ってしまうので、そこはさじ加減が必要になってきます。

俺が何を言っているのかを盗めよ

選手のやる気を引き起こすために、こんなアプローチをしたこともあります。試合に出ていない選手に、

「そんな遠いところで試合を見ていないで、俺のそばに来てボール渡しだとか、バット引きだとかしながら、俺が何を言っているのかを盗めよ」

と呼び寄せました。要は学びの機会を与えたわけです。

私の考えが少しずつ理解できるようになると、今度は「今日はここに座って、俺の言ったことを殴り書きでいいから全部メモれ。それで最後に清書してきれいにまとめろ」と指示しました。そして翌日、そのメモをプリントしたものを全員に渡し、全体ミーティングで使うのです。

こんなことを繰り返していくうちに、その選手は、野球を見る目が養われただけでなく、

自分に足りないことや、やらなくてはならないことが明確になっていったはずです。また、その成長に合わせて、やる仕事やポジションを〝昇格〟させていくことで、本人の中には喜びや納得感も生まれます。

こういう子は将来、社会人になって組織に入った際、先輩たちが動きやすくするにはどうすればいいのかな、という気づかいができる人間になります。

たとえば、動きやすいスペースを作るために掃除から入ったり、会議の準備に時間をかけたりするので、上司から見ると使いやすいはずです。かといって骨がないわけではなく、自分の考えをきちんと持った骨のある人間なので、社会に出てからも強いのです。

私の中には、野球というのはグラウンドで拘束される時間が長いからこそ、逆にグラウンドだけの人間になってほしくないという思いがあります。これは、生徒にも指導者にも言えることです。

とくに生徒たちにとっては、グラウンドはあくまでもスタートラインであって、そこからいずれ社会に出て行くわけですから、人間としての地力を養ってほしいと思います。

そのためには、指導者のみなさんが、生徒たちにしっかりとした〝知育〟〝徳育〟を行う必要があります。野球の技術だけではなく、社会で生きていくために大切な知識や、道徳や、道理を教えることで、生徒をきちんとした大人に育てていってほしいというのが私の願いです。

これからの指導は〝力〟ではない

選手を指導するにあたって、体罰やパワハラというのも、避けては通れない問題です。私が高校生の頃の指導は軍隊式で、手が出るなんていうのは当たり前の時代でした。その当時は「叩くことで自律神経を戻す効果がある」と教わった記憶があります。

また、現役を引退してコーチをしている時には、「小枝の説教や注意というのはだらだら長い。選手というのは話が長いより、一回〝パン！〟とされて終わったほうがすっきりするもんだよ」という話をされたこともあります。

それらが正しいかどうかは別にして、私も手を上げる指導をしたことはあります。日大三も拓大紅陵も、監督に就任した初期の頃は、私が強引に力で引っ張っていくしかないくらいのチーム力で、素行の良くない選手も目につきました。まわりの風潮から、手を上げざるを得ないような側面もありました。

しかし、手を上げて生徒を力で押さえつけていくというのは、いかがなものかという疑問はずっと私の中にありました。

力や、痛みや、恐怖で相手を屈服させるというのは、監督の〝権威〟を利用しているだけで、選手が心から従っているわけではありません。本当の意味で選手が言うことを聞くようにするためには、日々の行動や背中で自分の考えを示し、きちんとした言葉で伝えていくのが正しいやり方です。

指導者は言い換えれば〝トレーナー〟です。トレーナーの語源はトレイン、つまり列車です。選手という〝列車〟を線路に乗せて動き出せば、7～8割方の役割は終わりです。その線路に乗せるまでが第一段階。それから動きだすというのが第二段階です。

そこで、私はこんな計画を立てました。人の言うことを聞かない〝列車〟を、まずは〝力〟で線路に乗せよう。そして〝列車〟が第二段階に入ったら、指導の方向転換をしようと考えたのです。

すなわち、

「これからの指導は〝力〟ではない」

「『小枝守』という人間に、選手たちが付いてくるだけの度量を身につける」

そういったコーチングに、ある時期を境に切り替えたのです。

力でねじ伏せる指導では、いつまで経っても監督の自己満足のチームしか作れません。

そして満足がいかないときには、そのチームを自分の中で切り捨てて、次の代、次の代へとどんどん切り替えていってしまうことにもつながります。

しかし、選手にとっては一度きりの高校野球です。

だからこそ、監督はその年、その年を大事にしていかなくてはいけないということを、私はこれまでの指導者人生の中で強く自分に言い聞かせてきました。

そして面白いことに、自分の満足のいくチームではなくても、勝ち上がっていくことがあるのです。そして、最終的には自分の想像を超えるようなチームに育っていく。1992年夏の甲子園準優勝のときがまさにそうでした。

自分が高校生のときに、どれくらい有能な選手だったのか？

もし、それでも選手に手を上げてしまう監督がいるのであれば、

「自分が高校生のときに、どれくらい有能な選手だったのか？」

と自身に問いかけてみてください。それでもあなたは手を上げられますか？という話

です。また、選手というのは、

「この人は、どのくらいの大きさの人間なのだろうか」

と、監督の器量を無意識のうちに探っているものです。小さな自分の器量からあふれてしまう選手だったら、あふれた分だけ選手に手を上げるのでしょうか？

いまは、〝力〟で屈服させて、引っ張っていくというスタイルは認められません。指導者のみなさんは、それを肝に銘じてほしいと思います。

体罰絡みでいうと、上下関係の問題も部活動ではついてきますが、これも指導者と選手の関係と一緒です。〝力〟に頼るのではなく、互いが互いの立場や置かれている環境を理解し合うことが大切です。また、日頃からそのように監督が指導していくことも重要になってきます。

1学年違うということは、単純計算で年上は年下よりも365日分の経験を多く積んでいるわけですから、その経験値を下級生は敬うべきでしょう。逆に年上から見ると、年下は365日分少ないわけですから、知らない、気がつかない、足りないという部分が出てくるのは仕方ないことだと、下級生に気づかいをしてあげる必要があります。

このように、お互いが尊重し合うような関係であれば、大きなトラブルは生まれません。

しかし、学年は違うけど、実際には生まれた日が数日しか違わないという場合もあります。中には、4月1日生まれと4月2日生まれで一日しか誕生日が違わないのに、1学年違うというケースもありました。それなのに、上級生にあたる生徒が必要以上に偉そうな態度で接しているわけです。私は言いました。

「お前、何様だよ。たった一日の違いで、たまたま上級生になっただけなんだから、そこは気をつけなきゃ。相手の気持ちも考えてやれよ」

もちろん、実際には先輩後輩ですから、グラウンドや学校生活などの公の場では、下はきちんと上を立てる必要があります。そういうふうに、互いが互いの立場を理解し合わないと駄目だよという話を、生徒にはよくしたものです。

選手間、上下間の関係は、指導者が注意して見ておく必要があります。

こういったトラブルが起きるのは、まず最初が5、6月です。いままでの環境にはいなかった人間が新しく4月に入ってきて、当然のことながら右も左もわからないわけですから、上級生からすると「お前、何やってんだよ！」という事態が起こりやすいのです。

次が8月です。3年生が引退して新チームになったとき、まだ1年生は体力がないので、夏の暑さでくたびれてしまって、声もなかなか出なくなります。そこで上級生から「声出せ！」「元気出せ！」と繰り返し言われる展開になって問題に発展します。

そして最後が11、12月です。オフシーズンに入って、トレーニング期間となるのですが、これも初めてやる1年生にとっては非常にきつくて付いていけません。そこでまた上級生から注意を受けるのですが、入部して半年ほど経っていて多少の慣れもあるので、1年生が生意気な反応を取ったりします。そこでまた摩擦が生じるのです。

このように、問題が起きやすい時期というのを指導者はきちんと把握しておいて、先回りしてトラブルを避けることもまた大切になってきます。

絶対に自分たちの部屋から脱落者を出しちゃいけない

上下関係で感心した一例として、こんなことがありました。

私は、年間計画の中でトレーニングの最重要期間として、冬に〝強化練習〟を行っていました。俗に言う朝練ですが、朝3時半くらいにはみんなグラウンドに出てきているわけです。

そんなに朝早くからやっても意味ないじゃないか、と言われればそうかもしれません。しかし1＋1＝2ではない、それ以上の何かが選手たちの中に生まれることを期待して、毎年この強化練習を続けていました。

私は2時半に起きて、シャワーを浴びて体を清め、「今日も無事に過ごせますように」「生徒たちに怪我やトラブルがありませんように」と神棚に手を合わせてグラウンドに向かいます。そして、部員たちを前にして、今回の強化練習の目的や、こういうことに気をつけてやりなさいといった訓示を毎日述べて、練習がスタートします。

ある年のことです。寮の一室で、熱を出した下級生がいたらしいのです。それで同部屋の上級生たちが、交代で朝まで看病を続けたそうです。その甲斐あって、下級生はその日の朝練に参加することができました。

この話を聞いたのは最近で、何十年も前の出来事を当時のキャプテンが初めて教えてくれたのです。

「監督さん、実はこんなことがあったんですが、僕らは『絶対に自分たちの部屋から脱落者を出しちゃいけない』と必死にあいつを看病したんですよ」

「そこでチームワークが生まれたかもしれません」

この話を聞いて、子供たちの世界でもこういうことがあるんだなと嬉しくなりました。

朝練で誰一人としてこぼれ落ちないよう、休ませないよう、先輩たちが共通の理解のもと、8人部屋の7人がみんなで協力して一人の後輩を看病する。こういった助け合いや連帯感というのが、子供たちの間にも芽生えたんだということに感心したのです。

いまは寮生活でも二人一部屋だとか、中には一人一部屋なんていうこともあるようです。でも大部屋には大部屋の良さがあります。この話は、大部屋がプラスの方向に働いたいい例です。


そもそも、知らない者同士が一緒に大部屋で生活を始めるわけですから、多少のいざこざは出てくるものです。いままでの環境がそれぞれ違う血気盛んな若者たちが、初めて一緒に暮らしはじめて角張らないわけがありません。それがひどくなって、大部屋が間違ったマイナス方向に働くと、いじめだとか集団暴行だとかにつながる可能性もあります。

そうならないようにするのが、我々指導者の仕事です。そして選手たち、とくに上級生は、どうやってお互いに理解し合って、角張りを丸くしていくかということを考えるのが義務であり、それがチームワークを生むことにつながっていくのです。

寮というのは、お互いを知り合うのにすごく大事な場所で、家庭で指導しきれない部分を補える場所でもあると思っています。

寮生活から生まれるもの

拓大紅陵に赴任した当初、鎌田理事長に「何か欲しいものがあるだろう」と言われました。私は自分で言うのもおかしいですが、物欲や金銭欲などの〝欲〟は少ないほうです。しかし、そのときに「寮が欲しいです」と答えました。当時は、野球部専用の寮はありませんでした。「何も立派な寮ではなくていいので、部員たちが一緒に生活できるようにしたい」と訴えたのです。

私が寮の存在を重要視していたのは、自分自身の高校時代の寮体験があったからです。前にも述べましたが、トイレの使い方からお風呂の入り方にいたるまで、家庭ではそこまで教えてくれない日常の作法やマナーを指導していただいて、それが私には非常に新鮮でしたし、多くの学びを得ることとなりました。

高校野球での選手の実働は、たった2年半しかありません。その短い期間でどれだけのことが学べるかというと、グラウンドだけではなく寮での触れ合いもあったほうが学びは多いに決まっています。違う学年、違う価値観の生徒たちと触れ合うことで、心身ともにバランスの取れた成長や文武両道といったものにもつながると思います。

そして、一緒に過ごす時間が長くなればなるほど、お互いを知り合うことができますし、そこには野球で大切な〝あうんの呼吸〟が生まれてきますから、結果的には試合の〝ここぞ〟という大事な場面で生きることにもなるのです。

また、その当時あった寮には食堂がなく、選手たちは離れた学校の食堂まで食べに行くのですが、そこにはもう誰も人がいなくて、作りっぱなしの冷めた料理が置かれているだけでした。そして、量も足りないわけです。

こういった理由から、私は理事長に食堂つきの野球部専用の寮を作ってもらいました。しかし、遅くまで練習をやっているため食事の時間帯も遅くなり、今度はパートさんの人件費という問題が出てきました。各ご家庭の家計の負担を、これ以上なるべく増やしたくはありません。

そこで、家内の出番となります。実はうちの家内は、短大時代に食物科で栄養学の勉強をしていて栄養士の資格も持っていたので、家内が1週間、1か月間の中長期的な献立を考えることになったのです。

私は当時から、いまで言う〝食育〟というものを重視していました。

それは、私自身が現役の頃には食が細くて、ずいぶん苦労したからです。新チームになってキャプテンに指名されてからは、体重が一日1キロずつ減っていき、2週間で10キロ以上落ちました。私は内臓とくに腸が弱く、必死に奮い立たせて食べては体質改善に努めていたのですが、どうしてもパワーがつきませんでした。力が足りないぶんは、気力と肌感覚の技術で補っていたものの、やはり限界というものはあります。

そんな思いを選手たちにはしてほしくない。選手たちが強い体を手に入れて、馬力もつけてほしい。そのためには、栄養価が高くバランスのいい食事を取らせなければならない、と常に考えていたのです。

母難しい日、母難日

家内には、ひとつだけ要望を出しました。何日かに一度、献立の中に鍋料理を入れてくれということです。鍋なら栄養のバランスは非常にいいですし、みんなでつつき合いながら食べることで、チームワークが生まれることにもつながるからです。

すると、その代はそれまでで一番強いチームになりました。県大会3本、その下の親善大会で2本、1年間で計5本の優勝旗をチームにもたらし、春夏連続の甲子園出場も成したのです。

もちろん、寮生活や食育の効果は、そのまま戦果に比例するわけではないですが、少なくとも反比例することはありません。

また、寮生活の中で、人として生きるうえでの大切なことを教わり、それが身についてくると、不思議なことに野球が下手にならないのです。

野球には基礎、基本、応用があります。基礎というのは心とか人間性といった部分で、基本にあたるのが技術です。いくら指導者が基本を教えようと思っても、選手に基礎である素直な心や感謝の気持ちがなければ、何も吸収されることはありません。つまり、基礎と基本がうまく絡み合い、基本の回数をこなしていくことで、はじめて野球が上手になっていくのです。そしてその先が、応用となります。

また、親元を離れて寮生活を始めると、家族とくに母親への感謝の気持ちが、子供たちの中に生まれてきます。

私が監督の晩年に教わった言葉に「母難しい日、母難日」というものがあります。

みんな誕生日になると、「お誕生日おめでとう」とまわりから祝福されるのですが、その前に、いまの自分があるのは、お母さんがお腹を痛めて体をボロボロにしながら産んでくれたおかげなのです。だから、誕生日というのは、お母さんに「ありがとう」と感謝する日なんだよという話です。

私はこれをある講義で聞いて、とても新鮮に感じて胸を打たれました。絶対に生徒たちや自分の娘にも伝えてやろうと思ったほどです。そして、いまでは孫にも誕生日にこの話をしています。そのくらいこの言葉に対して奥行きや幅を感じました。

こういった心に響く話、人生のためになる話を生徒たちに伝えてあげやすい場というのも寮だと思っています。

一番大事なことを、人任せにしてはいけない

寮生活では、トイレ掃除などの雑用は誰がやるべきか、という話もよく出てきます。年下である1年生がやるべきなのか。それとも最上級生が嫌なことを率先してやるべきなのか。あるいは全員でやるべきなのか。

私が監督の頃は、トイレ掃除にしてもグラウンド整備にしても、3年生にやらせていました。これは、人の嫌がることや面倒くさがることを上の人間が率先してやることで、下の者たちに背中で語るという意味の他に、次のような理由もありました。

まずトイレ掃除に関して言うと、排泄というのは、人間が決して避けて通ることのできない大切な行為です。お尻の穴にコルクの栓を詰めておけば、排泄しなくていいという話にはなりません。だったら、排泄する場所であるトイレも大事なものだから、最も責任ある立場の3年生が大切に掃除しようよという考えです。学校では教頭という立場でしたが、私自身も退職するまでトイレ掃除を一人でやっていました。

グラウンド整備も同様です。グラウンドは野球で一番大事な場所なのですから、最上級生が責任を持って整備を行うべきでしょう。

私が高校3年生のときに、こんなことがありました。

大会前の強化合宿の後半、グラウンドが荒れていてイレギュラーも激しく、トンボで表面をならしただけでは直らないほどだったので、コーチに「すいません、水をちょっと撒いてもらえないですか」とお願いしました。するとコーチは「そんなものいい」となって、案の定、私は目にボールをぶつけました。

合宿も後半に入って、意識が朦朧としているような間一髪のギリギリの状態でしたから、ボールを避けようにも避けられなかったのです。「だから言ったじゃないですか！」と思わず私は言いましたが、これが自分の整備不足がたたってイレギュラーしたのなら、まだ納得がいきます。それは自分自身の責任ですから、仕方がありません。

この経験があったからこそ、私は選手たちに、

「一番大事なグラウンドの整備を、人任せにしてはいけないんだ」

と説き続けてきました。

「甲子園が世界一のグラウンドだ」と自負する阪神園芸の整備の方は、イレギュラーひとつあっただけですごく落ち込むといいます。

自分が整備をきちんとやらなかったせいで、悔やむに悔やめないような事態にならないよう、3年生は責任を持ってグラウンド整備をする必要があります。

その姿を見て、後輩たちがグラウンド整備やトイレ掃除の大切さを知り、自然にその輪に加わっていくようになればベストだと思います。

大事なことは上級生が実際に行動してみせることで、その大事さを下級生に伝える。教わった下級生が上級生になったら、また行動でそれを下級生に伝える。この繰り返しから、次の代、さらに次の代へとどんどん大事なことがつながっていき、良き伝統が築かれていくのだと思います。

自らを律し、生徒を律し、チームを律する

グラウンド整備以外にも、部室やベンチ内の荷物の整理整頓だとか、自分の衣類の着替えだとかは、ずっと口うるさく指導してきました。

私がグラウンドに着くと、ダッグアウトの中にアンダーシャツを置き忘れているとか、スパイクを下駄箱に入れずにそのまま置きっぱなしにしているとかいうことがあります。そういった場合はすぐに没収です。

そして「今日ダッグアウトにアンダーシャツが落ちていたので、該当者がいたら私のところまで取りに来るように」とアナウンスするのですが、誰も受け取りに来ません。怒られるのが怖いのでしょう。しかし、これを3日間続けたら、忘れ物はなくなります。

私はこういったことがあるたびに、親御さんのご苦労を感じるので、道具を大事にしろよという話を懇々とします。

ところが、生徒たちの中には、まだ十分使えるのに、平気で5万円も6万円もするようなグローブに買い換えてきたりする子もいるわけです。そんなときには、

「お前、罰が当たるよ？　俺が高校生の頃のように、欲しくても買えない選手だってまわりにはいるんだよ？」

「それに、グローブを1個作るのに、職人さんがどれだけ精魂を傾けてると思ってんだ。だからこそ、グローブは高価なんだろう」

「それなのに、まだ使えるグローブを簡単に買い換える。自分の金だから自由だろうといういうのは、金さえ出せば客は何をしてもいいという発想と同じで、そんなのは高校野球でもなんでもない」

といった話を何度もしたことがあります。

このように、私は「道具を大事にしろ」だなんだと、何かと選手に注文を出して指導する以上、自分だけ楽をするのはいかがなものかという思いで、40年以上高校野球に携わってきました。ですから、

「自らを律し、生徒を律し、チームを律する」

という言葉も生まれてきたわけです。

たとえば、朝5時からの朝練でグラウンドに立った監督が、前夜に深酒して酒臭い匂いをプンプンさせていたら、選手はどう思うでしょうか。

私も家内も、グラウンドではいまだに深々と一礼して出入りします。それほど「グラウ

ンドは神聖な場だ」と普段言っておきながら、そんな態度でグラウンドに立ったら、言っていることとやっていることが違うと選手は思います。

ですから、私は飲み歩くようなことはありませんでした。いま監督をやっている澤村先生は、私とは監督と部長という関係で足かけ30年弱一緒にいましたが、これまで私が酔っ払うなどの崩れている姿を見たことは一度もないはずです。

監督やコーチとして甲子園に出場した際も、私は飲み歩くことはおろか、外出すらしませんでした。とくに監督になってからは、勝つことしか考えていないわけですから、美味しいものを食べたいとか、楽しくお酒を飲みたいとか考えたこともありませんでした。

幅がないといえば、幅がなかったかもしれませんが、私は指揮官として当然のことだと思っていました。

外出しなかったもうひとつの理由は、「監督さんはいつもそこにいる」という安心感や、信頼感を選手たちに与えたいというのもありました。

私は〝選手〟と〝現場〟を大切にするという意識が、人一倍強かったのだと思います。ですから、グラウンドには誰よりも早く行き、外出も極力控えてグラウンドに立ち続けたのです。

もし私が、外出ばかりでグラウンドに顔を出さなかったとすると、選手たちは私から見放されたと感じます。これが強い集団だと自立心があるので、監督がいようがいまいが、やるべきことをやるという発想になりますが、弱い集団ほどそのような考え方に陥ります。船頭のいない船のように、行き先も定まらず、迷走することになるのです。

そうならないよう、選手たちとの信頼感を大事にしていましたし、くっつきすぎず離れすぎずの距離感で、私は選手たちのいる〝現場〟に常にいたいと思っていました。

お前、小枝の一門から出ちゃうのか?

選手と現場を大切にしていると、ともに過ごす時間も長くなりますから、自然と選手たちの欲しているものが何なのかわかるようになり、タイムリーな言葉をかけてあげられるようにもなります。

指導者としては、選手の口から、

「野球が嫌になった」

「もう野球を辞めたい」

といった残念な言葉は、当然のことながら聞きたくありません。

「甲子園に行きたい」という最初の志から始まって、最後の夏の大会が終わって、そのあと無事に卒業するまで見届けたいという思いは、指導者なら誰しも持っていると思います。そのためには、選手が野球を嫌いになるようなことが起こらないよう常に考え、選手たちの様子も日頃から見ておく必要があります。

辞めたい原因には、人間関係のトラブルや、チームとうまく噛み合わない、もうお腹がいっぱいになった、目一杯の練習をやって、肉体的にも精神的にもギリギリで嫌になったとか、いろいろなケースが考えられます。

こういった場合、いい指導者というのは、選手のちょっとした動きや変化を見落とさないですから、その場その場の状況に合った言葉を巧みに選択しながら、選手をいい方向へと導いていきます。「いまなんでそんなことを言うの?」と一見思えるような声がけだったとしても、実はその奥にはタイミングも考慮した深い理由が存在していたりもします。

私も野球部を辞めそうな選手には、状況に応じた言葉をかけてきましたが、監督の晩年に選手たちの心によく響いたのは、

「お前、小枝の一門から出ちゃうのか?」

という一言でした。この言葉を使ったときには、選手たちは100%の確率で踏みとどまりました。

高校3年生とはいってもまだまだ子供ですから、遊びのほうに気持ちが走ってしまったり、進路で迷ってしまったりということが出てきます。そんなタイミングで「小枝の一門というのはそういうもんかい?」と言われると「あ、自分も数に入れてくれているんだ」となるわけです。

このように、自分の下に集まってくれた選手たちを一人もこぼすことなく、大きくして、逞しくして、一本立ちできるまでの基礎や基本を身につけさせてあげるのが、我々指導者の役目だと思います。

こういう話をすると、「あなたは10回も甲子園に行ってるから、そんなきれいごとを言えるんだよ」と反論する人もいるかもしれませんが、そうではありません。私は、まだ甲子園出場のチャンスに恵まれていない20代の後半から30代、40代、50代という指導者の仲間の方たちにも、

「選手が外に出て、いかに大きく羽ばたけるか。その素地を作ってあげるのが我々指導者の使命だ」

と、ずっと言い続けています。「高校時代にそれなりの成績を残さなきゃ駄目だ」という感覚の大人や子供が多いことを、私も十分に承知しています。そこには、ものすごい我慢も必要になってくることでしょう。

しかし、選手たちの今後を長いスパンで将来まで見てあげて、指導者が腐らずに引っ張っていくことが大事だと、私は心からそう思っています。

〝社会のレギュラー〟になってほしい

私は進路指導に関しても、選手たちの能力や性格を見て、本人にはっきり伝えるようにしてきました。

「僕は大学で野球をやりたいんですけど」

「やめなさい。お前はプレーヤーよりも指導者のほうに向いているから、教職の勉強をしなさい」

こういった具合に、その選手のことをトータルで考えてアドバイスを送ってきました。

「お前が行きたいんだったら行け」とか「自分の人生だから思った通りにやれ」というのは無責任な気がして、私はあまり好きではないというか嫌だったのです。

プロからオファーが来ていて、本人もプロに進みたいと考えている場合でも、まだ早いと思えたら、「大学に行って、資格も取って、それからでも遅くないんじゃないか？」という助言をします。そして、話が来ている大学をすべて伝えたうえで、「この大学はこういう特徴があって、こっちの大学の指導方針はこうで、資格を取るならこの大学のほうがいいかな……」と、細かい説明も加えます。

私には、そういった見る目があるかどうかはわかりませんが、その子に合った生き様というのは見えるほうだと思います。

先日、卒業生から就職が決まったという手紙が届きました。その子も「大学で野球をやりたい」と言っていたのですが、「やめろ。お前は無理だから、医学方面の資格を取ったほうがいいよ」と進路相談の際に伝えていたのです。手紙には、レントゲン技師の資格試験に何十点だかで合格しましたと書いてありました。私は電話でその子に、

「馬鹿者！　医学には100点しかないんだ」

と言うと、きょとんとしていたので、

「100点じゃなかったら、患者さんが死んじゃうだろう」

と、そんな甘い考えで資格だけ取ろうなんていうのは駄目だという話をしたのです。そしてその後は私に言われた通り、しっかり勉強して就職も決まったと聞き、嬉しく思ったものでした。

先ほども述べましたが、選手たちには高校を卒業するまで野球を嫌いになってほしくは

ありません。一生懸命3年間頑張った結果、一度もレギュラーになれなくてもいいのです。その代わり、頑張った3年間を無駄にせず、その先に進んだ道で〝社会のレギュラー〟になってほしいと私は心から願っています。

高校野球の主役はあくまでも生徒であって、監督・指導者は黒子にすぎません。これは私の中に大前提としてあります。

生徒が主役なのですから、指導者は生徒たちが良い方向に進んでいくための手助け、お手伝いをするのが務めです。そのためには、短期・長期的な目標をきちんと持ち、目の前の勝ち負けや結果だけに一喜一憂しているようではいけません。

大切なのは結果ではなく、経過であり、中身であり、人間性です。それが、選手たちの将来にもつながっていくのです。

生徒と心を通わせられる良き指導者が、これからもどんどん生まれてくることを私は願っています。

勝ち上がっていくのが
高校野球」

終章　甲子園100回大会　私の考える今後のあるべき姿

また大好きな野球をやらせてください……

今年の夏の甲子園大会は、記念すべき第100回を迎えました。

まず私は、優勝とか勝ち負け以前に、この大きな節目を迎えるまでの長い期間にあった先人たちの言い尽くせない苦労を、決して忘れないでほしいという願いがあります。

こういった歴史を語り継いでいける指導者が少なくなってきているのは、時代の移り変わりなので仕方のない部分はありますが、これを機にみなさんの心の中に刻んでいただけるとありがたく思います。

お気づきかと思いますが、夏の甲子園は2015年に100周年を迎え、今回2018年に行われたのは第100回大会でした。この数年間のずれが生じたのは、1942年から1945年までの4年間、太平洋戦争によって甲子園大会の中断を余儀なくされたからです。

この期間は、甲子園球場も神宮球場も国に接収され、甲子園は軍事施設として利用されていました。私は、解説者として甲子園の放送席に呼ばれたときにも、よく当時の話を紹介します。

戦争への召集令状である〝赤紙〟が届いた一人の少年は、

「もし無事に帰ってくることができたなら、また大好きな野球をやらせてください……」

とお祈りしながら、グラウンドに穴を掘って、大事に油紙でくるんだボールを埋めて、戦地に向かったそうです。そうして無事に帰還することのできた少年は、真っ先にグラウンドに行って掘り起こして、ボールに頬ずりをしたといいます。こういった話は他にもたくさんありますが、私はこれこそが学生野球の本質じゃないかなと思うのです。

では、いまの子供たちに、そこまでの野球に対する思いがあるのかどうか。

ただ華々しい甲子園というだけで終わってはいけません。時代の流れの中で、尊い命を犠牲にすることとなった、何の罪もない野球関係者だって大勢いたわけです。

私は、野球がやりたくてもできなかった先人たちの熱い思いを消してほしくない。こういった歴史が、知らない間に風化されていってしまうのは、あってはならないことです。

ですから、指導者が中心になって、こういう話を若い選手たちに伝えてほしいと強く願っています。

私が頭にくること

戦争が終わり、１９４６年から夏の〝甲子園〟は復活することになるのですが、当時甲子園球場はＧＨＱ（連合国軍総司令部）に接収されていたので、大会が開催されたのは西宮球場でした。また、戦火の影響でバットやボールのほとんどが燃えていたため、選手たちは手作りの道具で練習を行い、本大会でもバットやボールをみんなで使い回しながら試合を進めたそうです。

それほどまでに物資が不足しているのをＧＨＱが見かねたのか、大会に出場した19チームに１ダースずつボールをくれたとのことで、現在そのうちの１個が甲子園記念館に展示されていますので、ぜひ機会があればご覧になってほしいと思います。

いまは豊かな時代で、物があふれかえっていますが、その当時はボール１個がとても貴いものでした。私たちが現役の頃も、ボールが傷んできては縫って直し、いつまでも大事に大事に使っていたものです。しかし、最近は硬球が水に濡れてもそのまま放置するなど、物を大事にするという意識が薄れてきているように思います。

私は最近の高校野球を見ていて、ひとつ気になっていることがあります。

それは、ピッチャーの投じたボールがワンバウンドして汚れた際に、その都度キャッチャーが平気で球審に交換を要求することです。

本来、ボールが汚れてしまった場合は、キャッチャーが手でこねたり、ユニフォームのズボンの太もものあたりでこすったりして土を落とし、ピッチャーに返球していました。それでも土の汚れが落ちないような状態になってはじめて、新球に取り換えてもらったものでした。

少し前まではそれが当たり前でしたし、球審のほうから換えようと言ってくれたのならまだわかります。しかし、いつからかワンバンするたびにボールを換えてもらうよう、選手のほうから要求するようになりました。

私は、これを見ると頭にきます。ボール1個を大切にする気持ちがまったく伝わってこないからです。

拓大紅陵の監督時代には、もちろんキャッチャーにこういった行為はやらせませんでした。バッターが四死球で一塁に進む際にも、次の打者に手渡しでバットを渡すように指導していました。もし手渡しできないような場合には、選手たちはバットを地面にそーっと置きます。

いまは戦中戦後の時代ではありませんが、物を大事にするという気持ち、姿勢は時代に関係なく人として持っていなければなりません。指導者の方々は、いま一度普段の指導を見つめ直し、選手たちを良い方向に導いていただければと思っています。

〝自立〟と〝自律〟の両方ができる環境作り

記念すべき100回大会を節目に、今後はより指導者も変わっていかなければなりません。私が最近とくに思うのは、従来の「俺に付いてこい」という指導だけではいけないんじゃないかということです。

いまは、指導者が選手のことを尊重する意識を、日々の指導に上手に取り入れられる器を兼ね備えておかないといけないのかなと思います。つまり、選手が自分で立つ〝自立〟や、自分を律する〝自律〟の両方ができるような環境作りを心がけ、指導にあたる必要があるということです。

「俺に付いてこい」の指導で、グラウンドの中でだけ「はい!」と元気よく言っていればいいというような選手に育ててほしくありません。前にも述べましたが、グラウンドはあくまでもスタートラインで、そこから出て行った先の人生のほうが選手たちにとってはるかに大切なのです。

もちろん「俺に付いてこい」が、100％駄目だと言っているわけではありません。そういった強い姿勢で引っ張っていくべき場面も当然あると思います。しかし、これが行きすぎてしまうと、俗に言うハラスメントや暴力問題、あるいは人間関係のトラブル、いじめといった問題にもつながりかねません。

いま多くの指導者の方々が、指導法を「俺に付いてこい」から切り替えていこうと苦心されていると思います。キャリアや経験値の問題などで、まだまだ試行錯誤の段階の方もたくさんおられることでしょう。

しかし、いわゆる叩き上げと言われるような、年代的には50代以上の方も一生懸命新しい指導法を模索されているわけです。そんな中、若い20代、30代の方が監督になって、少し良い成績を残したくらいで勘違いして〝監督様〟になってしまっているようなケースも見受けられます。

甲子園に何回出場しようが、甲子園で何回優勝しようが、まわりに〝よいしょ〟されて勘違いしたり、自分に酔ったり、ふんぞり返ったりしているような監督が、果たしていい指導者だといえるでしょうか。

何度も言いますが、高校野球の主役は選手であって、我々指導者は単なる黒子にすぎません。そもそも、高校野球の監督なんて大したものではないし、偉いものでもなんでもないということを自覚してほしいと思います。

野球というのは奥の深い競技ですから、やっていてとても楽しいし、一方ではとても難しいものでもあります。そういった部分を十二分に理解したうえで、この100回大会をいい機会に、指導法をいまの時代に即した方向に切り替えていけるといいのではないでしょうか。

お互いに思い合う気持ち

不思議なことに、私は現役の監督を退いたいまのほうが、より勉強する気持ちが強くなっています。私の中では〝ｉｎｇ〟、現在進行形の感覚なのです。それで、いろいろな学校の監督の考え方に触れていると、

「なるほどな。これは素晴らしいな」

「だからこういう野球ができるし、こういう生徒さんが育つんだ」

というふうに、いままでの自分の考え方ややり方とは違っていても、やはりいいものはいいんだと認められるようになってきました。

その一方で、この考え方はちょっと受け入れられないなとか、指導がぬるいなと感じることが多いのもまた事実です。選手たちがやらなきゃいけないこと、学ばなきゃいけないこと、知らなきゃいけないことを、適当に指導している学校が多くなったように、私の目には映ります。

たとえば、挨拶ひとつにしても、まともにできなかったり、逆にわけのわからないほど大きな声でしたりということもあります。

私が教員生活の晩年の頃の話です。朝、校門指導に立って通学してくる生徒たちに「おはよう」「今日も頑張ろう」などと声をかけていると、中にはスッと目線を下げて黙って通り過ぎていく子もいるわけです。以前の若い頃の私でしたら、「人が挨拶しているのに、なんでお前は無視しているんだ！」と叱りつけていました。

しかし、私の経験上、そういった子には叱ったところで直りません。それに、人間の性格には照れ屋だとか、はにかみ屋だとか、人見知りだとかいう子もいますから、私は咎めることもなく、見返りを求めることもなく、翌日も同様に「おはよう」と声をかけていました。すると、黙って通り過ぎていった生徒からも、いつしか挨拶が返ってくるようになったのです。

不思議な感覚でした。自分の考え方や気持ちが変わり、見返りを求めないようになったら、こんなことが起きるんだと驚きました。

では、通り過ぎていったのが野球部員だったらどうするのかと問われれば、やはり注意するでしょう。なぜ一般生徒はスルーさせておいて、野球部員は許されないんだと、さらに突っ込まれたら「野球部員たるもの〜」と力関係に物を言わせてご託を並べるのか、それとも「挨拶をしたくなかったら、それでもいいよ」と返すのかは難しいところです。

しかし、先ほどの例のように、お互いに思い合う気持ちというのがあれば、自然に挨拶も生まれてきます。チームにおいても、思い合うことが一番大事ですし、それが〝あうんの呼吸〟にもつながってくると思います。

互いに思い合うこと、イコール理想の指導者と生徒の関係であり、イコール理想のチーム作りができるようになっていくのです。

中学生の指導者の方々へ

いまは野球人口の減少が問題になってきているので、中学やボーイズ・シニア等の指導者の方々はいままでの指導スタイルを見直し、変えていく必要があると思います。

まず中学校野球部の指導者の方々へ。

指導者も選手たちも本当はもっと練習をしたいのに、いまは時代の流れで、週に何日間休みを設けなきゃいけないとか、何時までには下校させなければいけないとかいろいろな時間的制約があって、思うように練習ができないというのが実情だと思います。

私が監督の頃、綿密に練習計画を立てて、選手たちの動かし方もコーチ陣に事細かく説明して効率よくやっても、一日の練習には1時間40分から45分を要しました。それなのに、授業が終わって着替えやグラウンド整備の時間を差し引いて、正味1時間やるかやらないかの練習でできることなど、たかが知れています。ましてや、まだ基本もできていない中学生の指導を、1時間以内に収めろといわれてもそれは無理です。

ですから、とくに公立中学の指導者は、練習そのもののやり方を変えていかなければならないと思います。具体的には、時間のロスがありすぎる全体練習を減らし、個人練習を増やしていく。たとえば部員を何班かに分けて、今日はA班は打撃、B班は守備といった感じで、時間にゆとりのある日は全体練習を行うなど、ちょっとした工夫が必要になってくるのではないでしょうか。

また、指導スタイルも、従来の上から目線による命令調が10：0というものではなく、選手の自主性との比率が7：3、もしくは6：4、場合によっては5：5という形式に変えていく必要があると思います。いまの時代の指導は、ティーチングからコーチングへと変わっていきます。上から目線で選手を押さえつけていくのではなく、選手の自主性を尊重して、いいところを引っ張り上げてあげるという姿勢が求められてくるでしょう。

こういった状況から、中学校の野球部で中途半端にやるよりも、硬式のクラブチームに入って実力を伸ばし、甲子園を目指してほしいというご家庭も増えていると思います。

そこで、次はボーイズ・シニアなど、硬式クラブチームの指導者の方々へ。

何よりも言いたいのは、故障者をできるだけ出さないでほしいということです。指導に熱が入ってくれば、子供は手抜きができないので言われた通りに頑張りすぎてしまいます。そこに気がつかないと故障の原因になり、最悪の場合は中学で終わってしまう事態にもなりかねません。あまり型にはめすぎず、高校に進んでからの伸びしろを残した、余白のある指導を心がけてもらえればと思います。

また、子供たちに技術を教える以上に、いまの自分たちの立ち位置というのを常に忘れさせない指導をしてほしいです。つまり、野球ができる感謝の気持ちや挨拶、道具を大切にするなど、人として身につける基本が、学年の上がるごとに増えていくように導いてもらいたいと思います。

ちょっと野球の上手な子は、「俺は野球だけやっていればいい」「俺は野球をやってやっている」といった思考に陥りがちですが、こういうタイプは上に行って何かしらの圧力がかかった際に、クシャッとつぶされやすくなります。

何も難しいことは必要ないですから、「この子を指導してみたいな」という人として当たり前のことが当たり前にできる選手に育てて、高校に送り出してほしいと思います。

小学生の指導者の方々へ

中学のひとつ前段階の小学生の場合、指導者は何に気をつければいいのでしょうか。

私は、小学生には、野球の楽しさを肌で感じてもらえればそれでいいと思っています。ただし、子供たちは手抜きができないうえ、ゲームになると楽しいものですから無我夢中で必死になってやります。とくに、投手の投げすぎは大きな怪我につながる可能性がありますから、指導者のみなさんには最大限の注意を払ってほしいと思います。

では、なぜ野球には不思議な魅力があって、大人も子供も楽しむことができるのでしょうか？

その理由は、野球が難しいからです。

考えてもみてください。大の大人が始球式で、たかだか18・44メートルの距離を、とんでもないところに投げたりします。打つことに関しても、動いて向かってくるボールに対して、バットを動かしながら一点で当てるのですから、プロ野球の一流選手ですら7割近くも失敗するわけです。

そんなに難しい競技なのに、小さな子供が失敗したことに対して、監督やコーチが熱くなって大きな声で怒鳴ったりしていますが、あなたが小さい頃になんぼのものでしたかという話です。プロ野球選手でも失敗するのですから、小学生で失敗しない選手なんているわけがありません。

あまりにも大人が完璧なプレーや勝ちを追い求めすぎると、叱られた子供は打ちひしがれてしまいますし、そのまま自宅に帰ったら家の雰囲気は良くないに決まっています。

私は今年の選抜が開催される直前に、甲子園球場で高野連主催の『キッズフェスタ』という親子参加型の野球体験会のお手伝いをさせていただきましたが、そこで子供たちに伝えたのは野球の楽しさだけです。

グローブをはめたこともない子供にキャッチボールなんて無理なので、何をするかというとストラックアウトです。それで的に当たると面白いものですから、私たちがハイタッチをするとみんな無邪気に喜びます。バッティングも、スタンドティーの上に置いたボールを打たせるのですが、パンと当たったらもう有頂天で、中には三塁に向かって走ったりする子もいるわけです。

親御さんから返ってきたアンケートを見ても、

「どの競技を選択するのかは本人次第ですけど、親子ともども野球の魅力に夢中になり、楽しさと喜びを味わいました」

といった声がたくさん届いていました。

このように野球というのは、いままで経験したことのない小さな子供が、初めてやっても「楽しかった」と言う競技なのです。それは難しいがゆえにという理由以外にも、思いやりとか、助け合いとか、共同作業といった要素が含まれている競技だからこそ、人間が本来持っている本能をくすぐるのかもしれません。

野球人口が減少しているのは、何も野球が面白くないとか駄目だとかいうわけではないのですから、我々関係者や指導者の方々が知恵を出し合って、いま一度野球の素晴らしさをみなさんに伝えていく努力をするべきだと思います。

子供には夢を、大人には技を

私は日大三の監督時代から、当時としては変わっていたかもしれないのですが、勝利至上主義というものに真っ向から対抗していました。

やはり学生野球において、〝勝ち〟を一番先に持ってくるのはいけないと思います。優先すべきは、小学生の場合は楽しさであり、中高と進むにしたがって人としての基本や人間教育に重きを置いた指導になっていくべきでしょう。そうでないと、野球から離れていく人間を生むことになりますし、野球から卒業した際に、社会で通用しづらい大人に育ってしまうことにもつながるからです。

勝利至上主義は、いろいろな歪みを生んでしまうものです。

そして、これはアマチュアだけではなく、プロでも同じことが言えるかもしれません。プロの世界でも、単に勝つだけのつまらない野球であれば、お客さんを呼べないでしょうし、いくら野球が上手でも人間性に問題があれば、引退して社会に出たときに居場所はありません。

私は、プロに進む教え子には、
「子供には夢を、大人には技を」
と言って送り出してきました。

プロというのは〝技〟を見せる職業であって、日頃どれだけ練習しているとか、陰でこんなに努力したというのを見せるものではありません。これがアマチュアとの大きな違いです。華々しいスポットライトを浴びる一軍の舞台で、誰も真似できないような高度な〝技〟を見せることが、お客さんの感動を呼ぶのです。

そうやって送り出した教え子の一人である飯田哲也は、ヤクルトで活躍していた現役当時、「球界No．1のセンター」と呼ばれるほどの守備力を誇っていました。高い身体能力で外野フェンスをよじ登り、ホームラン性の飛球をキャッチしてスタンドを沸かせることもしばしばあったほどです。

飯田は、そのプレーを子供たちに間近で見せたいという思いから、神宮球場の外野スタンドのセンター付近に『飯田シート』を設けて、ホームでの全試合に自費で子供たちを招待していました。1試合あたり20人の子供たちを、10年近くにわたって招待し続けたので、のべ人数は17000人を超えたといいます。

しかし、そのような練習を始めた最初の頃は、まわりから「お前、馬鹿じゃないの。そ

んな打球がシーズンで何本来ると思っているんだ」と、馬鹿にされたそうです。でも、飯田は子供たちに、

「ホームラン性の打球を捕るところを見せるんだ」

と自分自身に言い聞かせて、実際そういったスーパープレーを子供たちの前で幾度も披露してみせました。飯田が10年近くも貫いてきたこの姿勢こそが、真のプロフェッショナルだと思うのです。

中高生の球児たちへ

私は監督時代、選手たちには「野球部は、クラブのリーダーになろう」と言っていました。柔道、剣道、空手、バレーボール、バスケットボール……いくつものクラブがある中で、「やっぱり野球部がいなきゃ駄目だな」「拓大紅陵といえば野球部だよな」と誰からも一目置かれるような存在になろうと訴えていたのです。

また、選手個人としては「クラスのリーダーになれ」とも言っていました。

何か行事があって動かなければならないときには、とくに嫌なものであればなおさら率

先して動いて、クラスを引っ張っていくよう指導していたのです。

高校の野球部というのは、他の部に比べて優遇される部分もあるでしょうし、いろいろな意味で特別視されがちです。でも「俺たちは野球部だから何をやってもいいんだ」と、部員が特権的な意識になることを私は許しませんでした。

ですから、授業に関しても「お前らは野球に関係する授業でも聞かないのか？　聞くよな。じゃあそういう気持ちで頑張れよ」と諭していました。選手たちは、練習中の監督の言葉には「一体何を言おうとしているんだろう？」と耳を傾けて、話の先を読もうとするものです。その癖をつけておくと、各教科の授業でも「この先生は何を言おうとしているんだろう？」と先回りして話を聞くことができます。

すると、さすがに授業の最初から最後までパーフェクトに理解することは無理でも、何も考えずに右から左で聞くのとは大きな違いが出てきます。

要は、グラウンドでも教室でも、同じレベルで考える努力をしなさいよということです。たとえば、試合中に送りバントのサインが出て「俺は送りバントは嫌いだからしない」では通りません。それと同じで「俺は数学は嫌いだからやらない」では済まされないわけです。選手たちは野球部員である前に、一人の高校生なのですから、野球だけやっていればいいという考えは捨ててほしいと思います。

というのも、私自身が拓大紅陵に移ってきた際に、「どうせあいつは、野球だけやりに来たんだろう」と後ろ指をさされるのが嫌でした。ですから、私は授業のほうもしっかり取り組んでいました。

一度、中学校を退職した校長先生や副校長先生の前で、研究授業を行ったことがあります。様々な問題も抱えていたクラスで、しかもテーマは「大乗仏教と小乗仏教」という難しいものでした。ところが生徒たちは誰一人として居眠りすることもなく、私の授業をちゃんと聞いているわけです。

授業が終わって、ご覧になっていた先生方のところにご意見をいただきに行くと、「小枝さんはいくつだ」と聞かれるものですから「自分は30です」と答えると、「30歳の若さで、あんな授業ができるか～」とお褒めの言葉を頂戴しました。

このように、野球だけではなく、授業も生徒指導もきちんとやることで、私はまわりからの信用を得るようになっていきました。

中学生や高校生の野球部のみなさんも、野球だけではなく授業や学校行事にもしっかり取り組むことで、まわりから評価される立派な生徒、選手になることを目指してくれるよう願っています。

練習は時間よりも中身が大切

授業や行事なども含めた学校生活を、きちんと送ることが高校生として最優先ですから、私はある時期から練習時間を16時半から18時半までの2時間に短縮することにしました。学校から駅まで歩いて30分はかかります。電車の時間も20分、30分に1本しかありません。練習時間を短縮しても、一番遠い生徒が家に着くのは、22時前後になってしまいます。寮生はくつろいでいて、そろそろ布団に入ろうかなという時間に通学生たちは家に帰るわけです。

それまでは、5時間も6時間も練習しなければライバル校には勝てないと思っていたのを180度方向転換し、自主練は別にして原則2時間というスタイルに変えました。それで勝てなかったかといえば、のちに甲子園で準優勝することもできました。要は練習時間の長い短いが、チームの強さに直結するわけではないということです。

その代わり、練習メニューは絞りに絞って合理的にやらないといけないですし、選手の自主性も重要になってきます。そのためには、噛んで含めるように練習の意図を理解させることも必要です。

2時間の練習でもそれなりに成績は残ったのですから、やはり練習は時間よりも中身が大切だといえるでしょう。ただし、本来野球というのは時間を必要とする競技ですから、どの練習を割いて、どの練習を入れるかというのは、もうパズルのようなものです。

私は元々フリーバッティングという練習が嫌いでした。打ちやすいボールを打撃投手が投げて、バッターが気持ちよくカンカン打ったところで、試合でそんな力のないボールが来るかといったら来ないわけです。

そこでやり方を変えました。投手はブルペンでピッチング練習をするのではなく、フリーバッティングで本気で投げさせるようにしたのです。キャッチャーからはサインも出るので、バッターは何が来るのか球種がわかりません。一球勝負という設定でやったこともあります。

バッターはなかなか打てないので嫌がりますし、指導者も打球が前に飛ばないので嫌になりますが、夏の大会前の6月くらいになると、普通に打てるようになってきます。「このピッチャーはスライダーが軸だから、さっきのストレートは見せ球で、ウイニングショットはスライダーだな」といった感じで、配球を読む能力が上がってくるのです。

プロでもいいバッターというのは、フリーバッティングで最初は右方向に打って、次はエンドランのゴロを転がして、その次はランナー三塁想定で外野フライを打ってというふうに課題を持ってやっています。そして、最後に残された時間で自由に打つのです。

逆にピッチャーも、本気で打とうとしているバッターが打席に立っているわけですから、ほぼ実戦に近い緊張感の中で多くのことを学び、身につけることができます。

また、ピッチャーが足りなくなると、控えの野手に投げさせたりもしました。野手の中にも変化球を投げられる選手はいますし、いつもいい思いをしているレギュラークラスに空振りさせることもできるわけです。それでピッチャーとしての適性が見つかり、キャッチャーからピッチャーに転向した選手もいました。

このように、実戦形式のフリーバッティングは、一石二鳥にも三鳥にもなります。指導者のみなさんは知恵を絞って、普段の練習に工夫を加えていけるといいと思います。

すべての指導者の方々へ

本書で繰り返し述べてきたことですが、選手と接していく中で〝言葉〟というのは非常に重要なものです。

指導者のみなさんは、その選手に勇気を与えられるような、タイムリーな言葉をかけられる存在であってほしいなと思います。

そこで大切になってくるのは、「自分はこう思うぞ」ではなく、「この選手はいま、何を欲しているんだろう」と、相手の気持ちに寄り添って、選手が悩んでいることを先読みできることです。そうすると、選手も突破口を見つけやすくなります。

また、タイミングが間違わない、イコール選手たちのことを常に見ているということでもあり、「監督は自分のことを見てくれているんだ」と選手は感じ、そこに信頼感も生まれてきます。

拓大紅陵に赴任する際、私は千葉県にある亡くなった母親の実家を訪ねました。そのとき伯父に「守、磨りガラスをちょっと見てみろ」と言われて目を向けると、柳に飛びつくカエルの絵が描かれていました。「どういうことかわかるな」と言われたので、「何回も何回も飛びついて、諦めないでぶら下がれ、ということですよね」と返したら、「そうだ」と頷いて、

「おまえは新しい学校へ来た。苦労するのは、はじめからわかっていることだ。あとはおまえ次第だぞ」

と言われました。

私は日大三のあった町田から、誰も知り合いのいない木更津に来て、ゼロから新たな挑戦をするということで不安を抱えていましたし、苦労するだろうなと覚悟もしていました。そのタイミングで、伯父からこういった言葉をかけてもらったのです。

このように、藁をもすがる思いでいる相手の心を、スパンと射抜いてくれる一言というのは胸に響きます。

伯父の言葉に「そうだよな……」と思いながら帰路に就いたのですが、この言葉をすっと受け入れられたもうひとつの理由は、自分が弱いということを認めていたからです。これをきっかけに、改めて自分の弱さを知れたことにも大きな意味がありました。

指導者として失敗する人というのは、自分がどういう人間かをわかっていない、自分の弱さを認めていないタイプが多いかもしれません。

自分というものをわかっていなくて勘違いしていると、何かあったときに教え子が「はい」と言って動いてくれても、それが自分をリスペクトしてのことなのか、単に「NO」と言えない立場であるからなのかにも気づくことができません。

指導者の方々は、それぞれの選手が抱えている問題や悩みに気づくのと同時に、己を知るということがとても大切であると、深く心にとどめておいてほしいと思います。

いい指導者になるための資質とは

私は進路指導の際に、大学で野球を続けたいという選手に対して、「お前が行きたい大学の監督が望んでいるのは、お前のようなタイプではなく社会人、プロでも通用するようなレベルの選手だから、指導者を目指しなさい」「いま持っている知識だけでも、十分に指導者として通用するけれども、これからもう少し勉強すれば、お前は立派な指導者になれる。だから大学へ行って教職を取りなさい」などとアドバイスをすることが、たびたびありました。

では、いい指導者になるための資質とは、何でしょうか?

私が考えるいい指導者の条件というのは、頑固なことです。間違ったことは間違っていると言える一徹さやこだわり、骨があるかどうかが重要だと私は思っています。

そういうタイプは、融通が利かないと言う人がいるかもしれませんが、融通や器用さ、風見鶏のような処世術は、自分の生き方を貫く中であとから身につければいいものであって、何よりも大切なのは人間の〝幹〟となる部分です。

いまの時代は〝幹〟のない人間が多すぎるように思います。

しかし、人の上に立つ人間というのは「自分はこうだ」という芯が一本バンと通っていなければいけませんし、そういった〝幹〟が根本にある人間が、指導者としても教員としても伸びていくと思うのです。

私自身がこれだけ優柔不断で性格的に弱い人間なのに、ここまで来ることができたのは、日大三の現役時代、下積みのコーチ時代に人としての基本を鍛えられ、〝幹〟を形成させていただいたおかげです。

ですから、野球に恩返しをしたいという思いは、いまも私は強く持っています。また今後、私が指揮を執ることがあるのかどうか、それは御縁ですから何とも言えません。

しかし、

「高校野球とは、こういうものなんだ」

という譲れない、曲げられない、変えられない、揺るぎない信念が私の心の真ん中にはあります。それにこだわればこだわるほど、先人の方々のご苦労も感じるのです。

昨今の高校野球では、「上手な選手を何人集められるかで勝負が決まる」といった愚かな意見が、風の便りで私の耳に届くこともあります。冗談じゃありません。言葉は汚いですが、「クソ食らえ」と思います。

高校野球というのは、上手な選手たちが勝ち上がっていくものではなく、鍛えられし者たちが勝ち上がっていくものなのです。

鍛えるといっても、血へどを吐きながらという昔のイメージではなく、選手も指導者も一緒になって葛藤しながら、悩みながら、ひとつずつ結論を出し、ひとつずつ階段を上っていく。

私は、それが高校野球の本来あるべき姿だと思います。

おわりに

私は年に一度、私立、公立を問わず、若い指導者たち40～50人を集めて、勉強会を開催しています。みんな、私の野球観や指導法、考え方などを知りたいと集まってきてくれています。

よく私はこんなたとえを使うのですが、『小枝守』という〝生けす〟に入ってきてくれた〝稚魚〟や〝幼魚〟たちが、生けすの中にいる間に様々な対応力や基礎力を身につけて、大海で泳ぎ回る〝成魚〟に育ってほしいという気持ちを強く持っています。それが、私の役目であり使命なんじゃないかなと思うこともあります。

私の勉強会に参加してくれる若い先生たちをはじめ、ありがたいことに以前から「小枝監督の本を出版してほしい」と周囲の方々に言っていただいていました。私の考えをもっと知りたい、もっと広くまわりにも知ってほしいという人がいてくれることは嬉しい限りなのですが、私自身は「自分は薄っぺらい」と思っているので「そんな私が本なんて出して大丈夫なのかな」という思いがずっとありました。

しかし、私を長年ずっと支えてくれている家内も「一ファンとして読んでみたいです」と背中を押してくれたので、では初めて本音を語らせていただこうと思い、こうして出版の運びとなりました。

指導者の方はもちろん、生徒さんにも読んでいただけると嬉しいですし、学校や野球現場での指導は社会生活やビジネス、経営理念にも共通する点が多いのではないかと思っています。

たとえば、いま会社で上司の立場にある方なら、どうしたら部下を育てられるのか、やる気にさせられるのかという養成論として参考にできる部分もあるかもしれません。

あるいは逆に、若いビジネスマンの方なら、上に立つ人間というのは、ここまでチームや選手のことを考えているのかと気づく部分もあるかもしれません。それに、自分もキャリアを積んでいけばゆくゆくは役職に就くのですから、そのときに若い人たちの気持ちを汲みやすくなるかもしれません。

私は社会科の教諭で倫理の授業を受け持っていたので、偉人が残した心に響く言葉や、私自身が思い浮かんでは発してきたオリジナルの言葉などを色紙にしたため、毎年野球部の卒業生たちに贈ってきました。

卒業生の中にはプロ野球選手になった生徒もいますが、他にも医者や警察官、消防士、ラーメンチェーン店の社長などいろいろなジャンルで教え子たちは頑張っています。そんな野球以外の道に進んで活躍している彼らが、私の書いた色紙や当時のミーティングノートをいまでも大事にしてくれていると聞いたときには、指導者としてとても嬉しく思ったものです。

たとえ高校野球ではレギュラーになれなくても、〝社会のレギュラー〟になってほしいと私は切に願い、そう選手たちには伝えてきました。野球は卒業したけれど、社会に出て喜んで他人様のために働いている。一人の立派な社会人として、元気で力強く生きている。私は教え子たちがそういう大人になってくれるよう、これまで高校野球の指導をしてきたといっても過言ではありません。

私はこれまでに、数えきれないくらい多くの方々からご指導をいただき、監督人生の指針となるありがたいお言葉もたくさん頂戴して、その一つひとつを生徒たちに伝えてきました。お一人お一人、誰が欠けても私はこれまでの指導者人生を歩んでくることはできませんでした。数多くの得がたい出会いをいただいたことに、感謝を申し上げます。

また、私をずっと支えてきてくれた家内にも感謝を伝えたいと思います。家内には感謝という言葉では足りないほど、多くの苦労をかけてきました。

40年以上も前のことですが、新婚旅行から帰ってきたその日に、私の頭が完全に監督モードに切り替わる出来事があり、それを耳にした瞬間から家内と一言も口を利かないような状態になったこともあります。

拓大紅陵に移る際にも、誰も知り合いのいない不慣れなところへ行くにもかかわらず、私のために文句のひとつも言わずに付いてきてくれました。そしてその後も、選手やマネージャーの面倒を長年にわたって本当によく見てくれました。

選手がやりやすい環境を作るのが私の仕事ですが、私がやりやすい環境を作ってくれていたのは家内でした。


〝辛〟い（つらい）という漢字に一本、線を加えれば〝幸〟せ（しあわせ）になります。人生も野球も指導も、辛苦と幸福は紙一重です。

いまご苦労をされている指導者の方々もたくさんおられるかと思いますが、自分という〝幹〟をしっかりと持ち、自分を信じて進んでいくことで、必ず道は拓けてきます。また、相手の気持ちに寄り添って、的確でタイムリーな言葉をかけることができれば、必ず心も伝わります。

私は本当に出会いに恵まれました。そこで得た多くの学びと言葉は私にとって財産です。そんな貴重な体験を今後も広く、永く伝えていければと思っています。

最後に、この本を出版に導いてくださいました竹書房の鈴木誠さんと、構成担当の石川遥輝さんに心より御礼を申し上げます。

小枝守

球児に響く言葉力

2018年12月28日　初版第一刷発行

著　　者／小枝守

発 行 人／後藤明信
発 行 所／株式会社竹書房
〒102-0072 東京都千代田区飯田橋2-7-3
☎03-3264-1576（代表）
☎03-3234-6208（編集）
URL　http://www.takeshobo.co.jp

印 刷 所／共同印刷株式会社

カバー・本文デザイン／轡田昭彦＋坪井朋子
特別協力／小枝弥生
カバー写真／アフロ（日刊スポーツ）
編集・構成／石川遥輝

編 集 人／鈴木誠

Printed in Japan 2018

乱丁・落丁の場合は当社までお問い合わせください。
定価はカバーに表示してあります。

ISBN978-4-8019-1546-6